ROYAL HOTTIE - PHILLIP

VERSIONE ITALIANA

KYLIE GILMORE

Traduzione di
MIRELLA BANFI

1

———

Phillip

«Il principe lascia un gioiello della collezione reale come regalo d'addio dopo le sue notti di passione.» Ah! Leggere a voce alta l'ultimo titolone lo fa sembrare ancora più ridicolo. Spiacenti, signore, i miei gioielli reali *sono* il regalo.

Sono il principe Phillip Rourke, ventinove anni e secondo in linea di successione al trono. Ho un seguito online, come *royal hottie* e fin troppe foto di me che me la spasso per tutta Europa con donne favolose. Se leggete ciò che la stampa dice di me, saprete che i miei folti capelli castano scuro sono sempre arruffati in modo sexy, che i miei occhi acquamarina sono stupendi, e che i miei zigomi alti e le mascelle forti sono belli in modo classico. Aggiungeteci la mia personalità, naturalmente affascinante ed è facile capire perché non mi manca mai la compagnia femminile. Le donne mi amano e io le ricambio. Per un po'.

Bevo un sorso di scotch pensando che potrei prendere il jet e andare in Norvegia a trovare Ingrid, una top model tanto discreta quanto abile con la lingua, quando suona il mio telefono. Controllo lo schermo. È Anna, mia cognata, la regina di Villroy da ieri, quando ha sposato mio fratello maggiore, Gabriel, il re. Purtroppo mio padre, il precedente re, è deceduto sei settimane prima del loro matrimonio. È morto pacificamente nel sonno dopo una lunga battaglia contro il cancro. Anna è stata un raggio di sole nella sua vita; aveva imparato a volerle bene come il resto di noi.

Passo il dito sul telefono, mettendolo in vivavoce sul tavolo prima di risistemarmi nella poltrona in pelle nella mia suite a palazzo. «Anna, non riesco a credere che tu mi stia chiamando mentre dovresti essere in luna di miele.»

Anna era entusiasta di vedere Parigi per la prima volta. Nonostante negli ultimi tre mesi sia vissuta qui sull'isola di Villroy, al largo della costa sud-ovest della Francia, non ne è mai uscita per fare un po' di turismo. Lei è un'americana, sfrontata, vivace e divertente, l'esatto opposto di mio fratello, che è un classico esempio di regressione ai nostri imperturbabili antenati vichinghi. Per farsi notare, il divertimento avrebbe dovuto mordergli il culo, cosa che immagino abbia fatto Anna. Ah!

La voce di Anna arriva dal vivavoce, calorosa e felice. «Siamo nella limousine, stiamo andando in albergo e mi sono resa conto di aver dimenticato di dirti una cosa sulle ospiti che arriveranno la settimana prossima.» Ha rinnovato una sezione del palazzo da usare per la "fantasia reale" per una settimana tra amiche o una luna di miele. Questa è la prima visita, una settimana per otto donne che include ogni possibile tipo di trattamento di bellezza, visto che lei è un'estetista. Ha intenzione, in futuro, di costruire una spa, lontana dal palazzo, che usi prodotti di bellezza fabbricati usando ingredienti locali. È un'idea brillante che probabilmente salverà la nostra morente economia basata sulla pesca.

«Che cosa?» le chiedo, cominciando già a sorridere. Probabilmente vuole che aggiunga qualcosa di estremamente inappropriato alla suite, tipo biancheria intima commestibile. Mmm, forse vale la pena che socializzi con le ospiti.

«Le mie carissime clienti sono super eccitate per la visita, non solo perché mi occuperò di nuovo dei loro capelli. Hanno sentito la mia mancanza al salone, sai.» Le sue prime ospiti sono le clienti più ricche del salone in cui lavorava negli USA.

«Mmm.» Bevo un sorso di scotch. «Sei difficile da rimpiazzare. Sei unica.»

«Oh, grazie Phillip. Che tesoro sei.» C'è un suono soffocato e il brontolio burbero della voce di mio fratello Gabriel. È possessivo nei confronti di sua moglie. Anna torna da me dopo qualche momento, un po' senza fiato. «Che cosa stavo dicendo?»

«Hai dimenticato di dirmi qualcosa riguardo alle tue ospiti?»

«Ah, sì, e mi dispiace dirtelo così all'ultimo minuto, ma ero così presa a prepararmi per il matrimonio, a imparare il protocollo reale e a controllare gli operai che lavoravano alla suite degli ospiti... sai, ha bisogno ancora di qualcosina. Me ne sono già occupata questa mattina e credo che siamo a posto, ma c'è sempre qualcosa quando si stanno facendo i lavori, specialmente per un posto antico come il Palazzo Amalie. Che ne dici di rinominarlo, che ne so, Palazzo Rourke? Sarebbe più logico a questo punto, visto che la famiglia Rourke governa da secoli e i francesi che l'hanno chiamato Amalie risalgono a tanto tempo fa. Ho imparato parecchio della vostra storia...»

«Anna, sputa il rospo.» Normalmente è molto diretta. Il fatto che stia parlando a vanvera significa che sta prendendo tempo.

«Non arrabbiarti, okay?»

Mi agito, di colpo a disagio. «Che c'è?»

«Ho promesso alle nostre ospiti un'asta di scapoli per vincere un appuntamento con un principe e, beh, tu sei il *royal hottie*. Ti rende automaticamente quello su cui si concentreranno. Le offerte arriveranno alle stelle, queste donne sono straricche, e potremo usare i fondi per la fase due, la spa» dice senza riprendere fiato.

Mi metto diritto di colpo. Conoscendo Anna, farà vestire me e i miei fratelli con qualche ridicolo costume da spogliarellista. È una possibilità concreta. Lei non ha limiti. Mi appare davanti la terrificante visione di un'orda di donne fameliche che mi piombano addosso mentre io sfilo sul palcoscenico con un perizoma luccicante argento e blu. I colori ufficiale del regno, ovviamente. E poi dovrò andare alla miglior offerente. Nessuna possibilità di scelta e io sono un tipo schizzinoso. Mi aspetto un certo livello di sofisticazione nelle donne con cui mi associo, non una qualunque con una manciata di contanti. Mi rendo bruscamente conto di che cosa deve aver sopportato Gabriel con quella barbara competizione per la sua mano che i miei genitori avevano messo in piedi per trovargli una sposa. Una storia contorta e divertente per quelli non coinvolti direttamente. Allora avevo riso di lui. Adesso non sto ridendo.

Lei continua, allegra. «Quindi, vedi, è per una buona causa.»

«Qualunque cifra speravi di raccogliere con l'asta, la donerò io alla causa. No. La raddoppierò.» L'economia dell'isola è a una generazione dal collasso, ed è un fatto. La generazione più giovane se ne sta andando a frotte, abbandonando la morente industria della pesca per trovare opportunità migliori. La nostra famiglia è ricca, più che altro in gioielli e grazie a investimenti azzeccati, ma i nostri soldi non sarebbero sufficienti per mantenere l'intero paese. Non mi dispiace dare una spinta alla nuova iniziativa, e dovrebbe farlo anche il resto della famiglia. Prima o poi, comunque, l'economia di Villroy dovrà essere in grado di camminare con le sue gambe.

«In effetti non sono i soldi lo scopo principale dell'asta, anche se, ovviamente, la tua donazione è molto gradita. Voglio che le mie clienti si sentano coinvolte nella loro fantasia reale, sapendo che i loro soldi saranno usati per la day-spa, e quindi tornino quando aprirà e diffondano le voci su com'è meravigliosa. Queste donne sono tutte al top nel loro campo e hanno contatti importanti.»

Anna è veramente astuta e potrei apprezzarlo, in ogni altra circostanza. Non questa volta. E che cosa comporterebbe esattamente l'appuntamento con la migliore offerente? Una qualche terrificante fantasia romantica? Immagino immediatamente l'obbligatoria passeggiata sulla spiaggia, mano nella mano, seguita da una cena al lume di candela, dove sarò costretto a fingere interesse per una donna che non ho scelto io. Lei sarà tutta risatine, entusiasta di essere con il *royal hottie* o, peggio ancora, aggressiva, e cercherà di infilarsi nel mio letto, solo per potersene vantare. Non che andrei a letto con una donna simile. Alla fine, ne uscirei sembrando il cattivo di turno, etichettato come distaccato o qualche altra stupidaggine simile perché non ho mostrato interesse per la mia compagna. E queste donne resteranno per un'intera settimana. Un solo appuntamento potrebbe non bastare. Ci potrebbe essere un seguito di stronzate sdolcinate.

Mi passo una mano sul volto. «Quindi dovremo fungere da intrattenimento per la settimana delle donne.»

«Consideralo come usare la tua celebrità per una buona causa.»

Ci ha preso in pieno perché è vero che uso la mia celebrità per le buone cause. Sono fortemente coinvolto negli sforzi per offrire acqua pulita alle persone delle nazioni più povere. *No.* Questa volta è diverso. Qui si tratta di usare un principe come intrattenimento. Non è degno di me e del mio titolo.

«Anna, mi dispiace, ma…»

«Sarà tutto molto discreto. Ci saranno solo le nostre ospiti. Per favore, Phillip, tutti amano il *royal hottie*. Sei famoso in America e quindi è ovvio che sarai tu l'attrazione principale.»

Io resto fermo. «Sono sicuro che quando lo dirai ai miei fratelli, accetteranno tutti con entusiasmo, quindi non avrai nemmeno bisogno di me.» I miei fratelli minori sono sempre disponibili per un po' di divertimento e non si preoccupano di cose come la dignità principesca dato che sono più in basso nella linea di successione. «Tra parentesi, hai fatto firmare un accordo di riservatezza alle tue ospiti?»

«Ehm, no. Continuo a dimenticarmene. Glielo farò firmare appena arrivano. È possibile che ne abbiano parlato con le loro amiche, ma non preoccuparti. Nessun altro sarà ammesso nel palazzo. Quest'asta è solo su invito. Oh, e i tuoi fratelli ne sono già al corrente.»

«Quindi lo sapevano tutti tranne me?» Sbotto. E perché diavolo i miei fratelli non me l'hanno detto? Sono ancora tutti qui a palazzo. La maggior parte dei miei fratelli vive qui, anche se siamo tutti adulti. È un posto talmente grande che abbiamo tutti la privacy delle nostre suite e il jet ci porta dovunque vogliamo quando lo vogliamo. Scommetto che ridono come matti, a mie spese, da settimane.

Anna continua in fretta. «Sono stata così occupata e ho incontrato per caso Lucas, che l'ha detto a Oscar, che l'ha detto ad Adrian. Sinceramente, loro sono lì solo come riempitivo anche se sono altrettanto sexy... ah! *Gabriel!*» Probabilmente le ha dato un pizzicotto per ricordarle di guardare dalla sua parte se vuole qualcosa di sexy. «Seriamente, tu sei tutto ciò di cui parlano le mie ospiti.»

Non ho intenzione di partecipare alla tua maledetta asta! Serro i denti per impedirmi di staccarle la testa a morsi. Dopo tutto, è la sua luna di miele. È la mia amatissima cognata. È la regina.

«No» dico fermamente e nel modo più educato possibile.

«Cosa? Pronto? Phillip, sei ancora lì? Mi senti?»

Mi chino verso il telefono. «Sì, ti sento.»

«PRONTO? Fffff... stiamo entrando... tunnel. Fffff. Non ti sento!» Dal telefono arriva, forte e chiara, la profonda risata di mio fratello. «Parleremo quando tornerò.» E riappende.

Do una botta al tasto per chiudere la chiamata e finisco lo scotch in una lunga sorsata. Mi sentiva, eccome. Beh, ascolta Anna, regina di Villroy, mi rifiuto di essere messo all'asta come un pezzo di carne.

Sono passate ventiquattro ore da quando Anna mi ha informato dell'asta degli scapoli e resto saldamente della mia idea, nonostante i tentativi dei miei fratelli per convincermi a unirmi a loro, dicendo che sarà uno spasso, come tutto del resto, con Anna. Non dovrei sentirmi in colpa perché la sto deludendo. Tutta questa faccenda dell'asta è maledettamente ridicola.

Vado nell'ala est per dare un'occhiata alla suite "fantasia reale" che Anna ha creato per le sue ospiti, addirittura intervenendo con la sua cintura degli attrezzi. Non era solo un'estetista a casa sua negli Stati Uniti, ma fungeva anche da manutentore per la palazzina in cui viveva. C'è qualcosa che non sappia fare? Il mio rispetto nei suoi confronti non mi farà cambiare idea sull'asta. Capisco perché lo sta facendo, ma ci devono essere alternative migliori. Spero che andare a vedere la suite "fantasia reale" riuscirà a farmi venire qualche idea.

Quest'isola è la mia patria, dopotutto, il posto che la mia famiglia governa da secoli, la nostra stirpe risale all'originale tribù vichinga, conosciuta come "I selvaggi". Quando eravamo bambini ai miei fratelli e a me piaceva giocare ai vichinghi, simulando guerre e battaglie. Quei vichinghi erano partiti da un insediamento sulle isole irlandesi e avevano portato con loro le mogli irlandesi. Questa è la mia gente, la mia isola e, prima che Anna arrivasse con le sue idee (quasi) tutte fantastiche, non sapevamo come fare per salvarne l'economia.

Una volta eravamo uno dei maggiori fornitori di pesce, ma la popolazione ittica sta calando, e i pescatori devono andare sempre più al largo, senza però ottenere più pescato. Il piano di Anna è di coinvolgere l'industria della pesca per produrre ingredienti per la cosmetica, olio di pesce, spugne, sale marino per gli scrub, fango e non so nemmeno io cos'altro. Sta conservando il nostro tradizionale stile di vita e portandoci contemporaneamente nel ventunesimo secolo. Quella donna è brillante.

La mia idea per dare una scossa all'economia, far diventare Villroy una località per matrimoni esotici, non è andata molto bene. Cerco di non pensarci. Inutile dire che le due prestigiose riviste che presenziavano al matrimonio inaugurale hanno avuto una giornata campale con la doppia prenotazione, una delle quali consisteva nei *furry*. Sì, i *furry*, gente a cui piace travestirsi da animali di peluche. È stato un evento disastroso dall'inizio alla fine e non riuscirò mai a farlo dimenticare. Fortunatamente adesso Gabriel riesce a trovarlo divertente. Allora, pensavo potesse strapparmi la testa dal collo con le sue mani.

Mi fermo davanti alla suite "fantasia reale", sorpreso di trovare la porta aperta. Il fatto che Anna abbia trascurato di far firmare alle sue amiche un accordo di riservatezza e che siano arrivate prima del previsto mi fa risuonare un campanello d'allarme. Forse hanno già fatto trapelare la notizia. Forse le stanze comunicanti sono piene zeppe di donne che non vedono l'ora di gridare dai tetti che sono state con il *royal hottie*.

C'è silenzio. Entro nel soggiorno della suite padronale con il balcone con vista sul mare. La suite sembra vuota. Forse un servitore stava facendo le pulizie e ha dimenticato di chiudere la porta. Vado avanti, entrando nella camera padronale, con il letto a baldacchino di mogano con le tende e la cupola di tessuto bianco trasparente. I mobili della suite sono dello stesso mogano, antichi, con un tocco di blu reale nei rivestimenti. Alle pareti, quadri di artisti locali, tutti in vendita, e una discreta brochure indica dove vedere altre opere degli stessi artisti al mercato del sabato accanto al porto. Anna ha incluso tutti gli isolani possibili in questa nuova impresa.

Mi ficco una mano tra i capelli. Come farò ad aiutare gli ospiti a sentirsi coinvolti in questo progetto continuando a mantenere la dignità del mio titolo? O almeno la mia dignità. Per i miei fratelli non c'è più speranza.

«Oh, tu sei il principe Phillip, il *royal hottie*!» strilla una donna, sorprendendomi. Il suo accento è americano. Decisamente una delle amiche di Anna. Dev'essere stata così desiderosa di vedermi che è arrivata una settimana prima del previsto. Anna ha detto che sono tutto ciò di cui parlano le sue amiche. Soffoco un lamento quando esce dal bagno privato, con gli occhi verdi sgranati.

La esamino, cercando i difetti nella donna affamata di uomini che vuole puntare su di me. Sui venticinque, ha i capelli biondo scuro raccolti in una coda, la pelle chiara e vellutata e le guance rosate. Anche le labbra sono rosa. È minuta, ma ha tutte le curve al posto giusto, sarà alta un metro e mezzo e indossa una camicetta ricamata, in stile bohémien, jeans sbiaditi aderenti e ballerine. Accidenti, nemmeno un difetto. È bella. Con i capelli sciolti probabilmente sembrerebbe ancora più sexy. Comunque non ha buone intenzioni e devo troncare la faccenda sul nascere.

Lei agita la mano per salutarmi e mi rivolge un sorriso che le illumina il volto. «Salve!»

Faccio una smorfia. «Sei arrivata prima del previsto.»

«Anna mi ha detto di venire direttamente nella suite "fantasia reale", appena fossi arrivata.» Scuote la testa sorridendo. «Scusami, mi sono lasciata prendere dall'entusiasmo quando ti ho visto. Solo, è strano vederti dal vivo dopo aver visto tante tue fotografie online. Sei ancora più bello di persona.»

«Grazie» dico a denti stretti.

«Qualcosa non va?»

Non c'è niente in questa situazione che mi vada bene. Non ho intenzione di essere trattato come un pezzo di carne, anche da una bella donna che pensa che sia più attraente di persona. Attingendo fino all'ultimo grammo del mio addestramento reale, la informo. «Il modo giusto per una donna di rivolgersi a un principe è: "Altezza", chinare il capo e fare una riverenza.»

I suoi occhi verdi sono spalancati, resta a bocca aperta.

Normalmente non farei valere il mio rango, ma non posso permettermi di darle troppa confidenza, e di lasciarle pensare che io sia in vendita. «Puoi dimenticare tutto quello che immaginavi potesse succedere tra di noi. Non c'è somma che mi convincerebbe a uscire con te.»

Lei tira indietro la testa di scatto, con un'espressione stupita sul volto. «Scusami?»

Metto le braccia conserte. «Mi hai sentito. Non sono in vendita.» Indico la porta con il mento. «Forse potresti semplicemente andartene, se è quello che ti aspettavi.»

Lei socchiude gli occhi e non accenna ad andarsene.

Ci fissiamo per un periodo che diventa sgradevolmente lungo. Non posso essere io quello che se ne va. Ho già fatto valere il mio rango. Deve andarsene lei.

Finalmente, mi decido a parlare, mantenendo il contatto visivo, senza battere le palpebre. «Adesso puoi andare.»

«Io non vado da nessuna parte. Sai chi sono *Altezza*?» Dice altezza in un tono beffardo, senza chinare la testa né fare la riverenza. Incredibilmente scortese.

«Sei una delle amiche di Anna, ed è per questo che so che cosa stai pensando. Probabilmente hai sbavato sulle mie foto online e ti sei creata la fantasia di cavalcare verso il tramonto con me, o un'altra stupidaggine simile…»

Lei alza la mano. «Fermiamoci qui. Sono qui su richiesta

della regina e, l'ultima volta che ho controllato, regina batte principe, quindi, *adios amigo*. E attento che la porta non ti sbatta sul culo reale mentre esci.» Prende un metro dalla tasca posteriore dei jeans, mi volta le spalle e comincia a misurare le varie distanze nella camera, dal cassettone al soffitto, al pavimento, alla porta del bagno.

La guardo sbalordito. Mi ha congedato? Che insulto. Sono il secondo in linea di successione al trono! Come, solo tre mesi fa ho quasi preso il posto di Gabriel come erede, quando pensava che non gli avrebbero permesso di sposare Anna, una borghese. L'ho scampata bella. L'avrei fatto per amore di mio fratello, che era talmente cotto di Anna da essere pronto ad abdicare al trono pur di sposarla, ma sono lieto di essere rimasto lo spensierato ricambio. Comunque il ricambio è importante. Se dovesse succedere qualcosa a Gabriel, diventerei io il re e questo significa che non è il caso che questa donna mi congedi in quel modo.

Lei prende un blocchetto e una penna da un'altra tasca dei jeans e scribacchia per un minuto.

Mi schiarisco sonoramente la voce.

Lei volta la testa. «Sei ancora qui?» Ripone blocchetto e penna. «Vieni qua, renditi utile e aiutami a misurare la lunghezza della stanza.» Mi tende un capo del metro a nastro.

Volto sui tacchi, congedando *lei*.

Ho fatto appena due passi fuori dalla porta quando la sento dire a voce alta a se stessa: «Gente, il *royal hottie* crede davvero alla montatura. Che delusione.»

Un altro insulto. Mi volto, pronto a distruggerla. *No*. Non vale nemmeno un minuto del mio tempo.

Mi dirigo verso l'ala ovest, alla mia suite. Sono lieto che sia rimasta delusa, chiunque sia. Non ho nemmeno colto il suo nome. Normalmente sono gentile e amichevole, specialmente con una bella donna, ma l'asta degli scapoli che incombe su di me mi ha messo sulla difensiva.

E se volete saperlo, è un bene. Forse, se deluderò tutte le ospiti di Anna affamate di uomini, a nessuno importerà se non farò parte dell'asta. In effetti, manderò un messaggio ad

Anna, subito. *Ho incontrato una delle tue ospiti e l'ho delusa talmente che non è interessata a fare un'offerta per me.*

Nessuna risposta da parte di Anna.

Non riesco a fare a meno di insistere. *Avevo detto NO all'asta, quindi di' a queste donne di starmi alla larga.*

Quando arrivo nella mia suite arriva la risposta allarmata di Anna: *Quella è la mia amica Ruby. Mi sta facendo un enorme favore, con un progetto di arredamento d'interni per rendere magica la suite reale. Che cos'hai fatto?*

Ehm...

I miei pollici volano sulla tastiera. *Pensavo intendesse fare un'offerta per me. Non preoccuparti. Correggerò l'errore e la conquisterò con il mio fascino.*

Anna: *Non cominciare nemmeno a pensare di rimorchiare Ruby! Non è il tipo da sesso occasionale e non ha tempo per spassarsela.*

Non ci stavo nemmeno pensando. Anche se è bella.

La tua reputazione ti precede. Abbiamo bisogno di lei e non posso permettermi di lasciarti incasinare tutto come fai con ogni altra donna.

Ahi! *Preso nota.*

Ti voglio bene, ma tienilo nei pantaloni.

Sbuffo. *Okay. Ruby è vietata.*

E da quando le cose vietate sono proprio quelle che tentano? Ah. So controllarmi. Nessun problema.

2

Ruby

Arrogante? Spuntato.

Scortese? Spuntato.

Pieno di sé? Spuntato un fantastiliardo di volte.

Che problema ha? Venire qua, dove sto cercando di fare il mio lavoro, e dirmi che me ne devo andare? Informarmi che non c'è somma che lo convincerebbe a uscire con me? Ehi bello! Gli ho forse *chiesto* di uscire con me? Quel tizio crede davvero alla montatura, tanto che non riesce a immaginare che qualcuno non *vorrebbe* uscire con lui. *Ooh, sono il royal hottie.* Scendi dal piedistallo. Come se volessi essere la sua donna della settimana. Diavolo, ho passato gli ultimi due mesi a riprendermi da una disastrosa relazione di lunga data, che mi ha portato a perdere il lavoro e a trasferirmi dai miei genitori. Non il posto dove vorrei essere a venticinque anni. Un playboy come lui è proprio l'ultima cosa di cui ho bisogno.

Non dico che non sia favoloso, lo è, sicuramente, con i suoi folti capelli castano scuro, sensazionali occhi color azzurro acquamarina, zigomi alti con un incavo sotto, mandibola forte e labbra piene. Un metro e ottanta di perfezione muscolosa, dalle spalle larghe ai bicipiti sviluppati, torace ampio, fianchi stretti e gambe piene di muscoli. Okay, va bene, sono una delle sue follower, una fan. Potrei anche aver imparato a memoria le sue misure e/o averlo adocchiato nelle foto a torso nudo sulla spiaggia con la sua ragazza del momento, una top model. Era divertente fantasticare sul principe playboy. Adesso è volato via tutto dalla finestra perché la realtà è che è un principe arrogante, scortese e pieno di sé. Pfui.

Questo lavoro d'arredamento d'interni è un'opportunità d'oro che non posso prendere alla leggera. Quando Anna mi ha chiamato domenica mattina per offrirmi il lavoro, ho preso il primo volo disponibile. Anna è una giusta, una vera amica leale e non faccio poi troppa fatica a chiamarla regina. Sua suocera ha abdicato al suo ruolo di regina alla morte del marito e adesso è tornata a essere una principessa.

Anna ha già fatto un lavoro eccellente quando ha scelto i mobili, le coperte e le tende. Devo solo aggiungere i tocchi finali. L'unico problema è che nell'isola non è possibile trovare tutto ciò di cui ho bisogno: illuminazione, accessori, una nuova mensola per il camino della suite padronale, e utilizzare il posto più vicino dove far compere, la Francia, è reso difficile dal fatto che non parlo una parola di francese. Inoltre ho una scadenza fin troppo ravvicinata, roba da cardiopalma, solo una settimana prima che arrivino le sue ospiti. Aspettate, che ora è qui? I fusi orari mi scombussolano. Le ospiti arriveranno domenica sera e qui siamo a più sei ore rispetto all'ora della costa est… lunedì pomeriggio, ora locale. Grande, in effetti ho solo *sei giorni*.

Respira!

Prima di tutto ho bisogno di più opere d'arte. Prendo la brochure con le informazioni sugli artisti che hanno dipinto i quadri già nella suite. Ho bisogno di rintracciare queste persone. Torno nella mia stanza, un piano sopra a questo e chiamo gli alloggi della servitù, cercando la mia cameriera, Maya. Ci siamo già incontrate. Ha più o meno la mia età e andiamo d'accordo. Ho deciso che sarà la mia alleata per trovare tutto ciò di cui ho bisogno. Diavolo, per quanto ne so parla il francese. Molti degli isolani sono bilingue, anche se la lingua ufficiale è l'inglese. Non sarebbe perfetto?

Maya arriva con una rapidità impressionante e bussa alla porta aperta. I suoi capelli castano scuro sono raccolti in uno chignon ordinato e indossa la divisa dei servitori: camicia bianca e pantaloni neri.

«Entra, Maya. Grazie per essere venuta così presto.»

Lei china la testa. «Che cosa posso fare per lei, signora?»

«Per caso parli francese?»

«No, signora.»

«Conosci qualcuno che lo parli?»

«Gli uomini che lavorano con i cavalli e lo chef.»

Ci penso un momento. Mi sembrerebbe di distoglierli da un lavoro importante per il palazzo e probabilmente non sarebbero molto utili con le decorazioni. «Okay, nessun problema.» Prendo la brochure e gliela passo. «Dove posso trovare questa gente? Voglio comprare altre opere d'arte locali.»

Maya controlla i nomi e alza gli occhi, dispiaciuta, stringendo le labbra. «Signora, quasi tutte le persone su questa lista sono anche pescatori. Sono già fuori in mare. Alcuni potrebbero essere presenti al mercato del sabato.»

«Un po' tardi. Le ospiti di Anna arriveranno domenica.»

Maya s'illumina. «In effetti conosco una donna che fa pitture murali che potrebbe essere disponibile. Ha dipinto le pareti della locale scuola d'infanzia con scene tratte dalle favole.»

«Oh, sì. Potrei far dipingere un rosone centrale sul soffitto del soggiorno della suite padronale, con una scena marina fantastica, con sirene e ninfe. E per i bagni, un cielo stellato incorniciato come se fosse un lucernario proprio sopra la vasca idromassaggio. Conosci qualcuno del posto che dipinge su tela che potrebbe essere disponibile subito? Potrei usarlo per i falsi lucernari.»

Maya studia per un attimo la brochure. «Potremmo provare con Jeanne. Lei dipinge su ogni tipo di superficie.»

«Perfetto!» Il mio cervello comincia a elaborare la logistica. Se necessario, potrei saltare il dipinto nei bagni e fare qualcosa con punti luce attraverso un tessuto scuro per imitare un lucernario. Mi rendo improvvisamente conto che Maya sta parlando.

Mi concentro nuovamente su di lei. «Che c'è?»

«Ha bisogno di me per qualcos'altro, signora?»

«In effetti ho bisogno di te per tutto. Potresti essere la mia guida dell'isola e aiutarmi per tutta la settimana con le decorazioni per la suite "fantasia reale"? Potresti essere la mia assistente.»

Maya si porta la mano alla gola. «Non so niente di decorazione d'interni, signora. Sono qui per servire i nostri onorati ospiti.»

«È così che puoi servirmi. Per favore. Non posso farlo da sola e ho solo sei giorni. Non voglio deludere la regina.»

Maya spalanca gli occhi castani. «Oh, nemmeno io. Mi lasci controllare se è accettabile e poi sarò lieta di aiutarla.»

Allargo le braccia. «Grazie!»

Lei arrossisce e si liscia i capelli. «Solo un momento, signora.» Va al telefono e parla per un attimo sottovoce. Sento: «Sua Maestà la regina» ripetuto un paio di volte e poi torna da me. «Tutto a posto. Da dove cominciamo?»

«Andremo a trovare gli artisti e poi tu e io andremo a fare shopping nel palazzo.»

Maya è esterrefatta. «Non può fare shopping qui. Non c'è niente in vendita.»

«Lo prenderemo in prestito. Resta attaccata a me e vedrai che il risultato ti piacerà.»

«Non so, signora. Tutto ha il suo posto, qui.»

«C'è una soffitta qui, vero?»

«Sì.»

«Fantastico!»

Maya scuote la testa e poi copre in fretta il gesto con un sorriso. «Come desidera, signora.»

La visita agli artisti è andata bene. Sono entusiasti di essere pagati per il loro lavoro. Ho un budget limitato, ma vale sempre la pena di pagare un extra per le opere d'arte. Una di loro, Clara, è già al lavoro per preparare lo schizzo di un mare di fantasia per il murale del soffitto. Arriverà a palazzo domani e farò preparare l'impalcatura per il suo progetto. Jeanne ha avuto l'idea geniale di dipingere il cielo stellato su pannelli acustici adatti alla pittura, e aveva già i pannelli, avanzati da un precedente progetto. In questo modo otterremo il doppio vantaggio di avere un fantastico finto lucernario e di ridurre il rumore, aggiungendo una sensazione ancora più romantica ai lussuosi bagni. A volte i bagni molto grandi possono rimbombare un po'.

Maya e io abbiamo rovistato le soffitte polverose per ore. Sono enormi! Una copre tutta l'ala est e ce n'è un'altra sopra l'ala ovest. Ho trovato un antico orologio da tavolo, candelabri di ottone, opachi, ma che torneranno a brillare in un attimo, e un telefono vintage, a disco, bianco, del 1920 circa. Funziona? A chi importa? È favoloso. Ho trovato anche una mensola da camino con un dipinto scrostato che è una meraviglia. La parte superiore ha la forma di una corona con uno stemma reale sbiadito in centro. Anche lo stemma è fantastico: un leone che indossa una corona e, sotto, il mare e pesci. Farò ritoccare il colore.

Seguo Maya dabbasso, coperta di polvere. Siamo un disastro, ma ne valeva veramente la pena. Ho l'orologio in una mano e il telefono dall'altra. Maya ha una bracciata di candelabri. Ci servirà aiuto per la mensola che è troppo pesante e ingombrante per noi. Maya apre la porta per entrare in corridoio e fa immediatamente la riverenza. «Altezza.»

È il *royal hottie* in persona. La camicia bianca button-down è aperta sul collo e mette in mostra un po' di torace abbronzato. L'abbigliamento da GQ è completato da pantaloni grigio scuro e scarpe di pelle nera.

«Maya!» esclama. «Quasi non ti avevo riconosciuto. Stavi pulendo i camini? Sono piuttosto sicuro che non rientri nelle tue mansioni.» Perfino il suo accento è sexy, un inglese corretto con un accenno di accento francese. Sorride e i suoi occhi acquamarina scintillano allegri. È *mozzafiato*. Mi piacerebbe tanto essere immune…

Maya arrossisce. «No, signore, eravamo in soffitta.»

Phillip mi dà un'occhiata e poi torna a parlare con Maya. «È un incubo lassù. La prossima volta dimmi che cosa ti serve e lo farò portare giù per te. Aspetta.» Si china verso di lei e le toglie delicatamente una lunga ragnatela dai capelli, schiacciandola in mano.

Maya sembra debitamente sconvolta di aver avuto qualcosa di strano nei capelli. «Che cos'era?»

«Solo una ragnatela.»

Lei resta immobile. «Ragni?»

Phillip le controlla i capelli. «Vediamo.» Fa mostra di controllarle tutta la testa. «Ah. Non muovere un muscolo.»

Maya squittisce.

Phillip scoppia a ridere. «Scherzavo!»

Anche Maya si mette a ridere. «Oh!»

Phillip mi guarda, ancora sorridente, e sento lo stomaco che sprofonda. «Salve.»

«Ciao» riesco a dire perché quando non è uno stronzo arrogante è sexy da morire.

Phillip continua a rivolgersi a Maya. «È una nuova cameriera o non l'avevo notata prima?»

Devo avere più polvere e sporcizia addosso di quanto pensassi, se non mi riconosce. Anche se mi sono cambiata e ho indossato i logori pantaloni di una tuta, mi sono ficcata in testa il berretto dei Tampa Bay Rays e ho preferito gli occhiali alle lenti a contatto. Sapevo che sarebbe stato un lavoro sporco e volevo coprirmi il più possibile.

Maya scuote la testa. «Signore, è la vostra onorata ospite, l'amica della regina, la signorina Ruby Evans. È una decoratrice d'interni e sta dando un tocco di magia alla suite "fantasia reale".» Si volta verso di me. «Magia, giusto?»

Le sorrido. «Sì, esatto. È scritto nel mio mansionario.»

Phillip stringe gli occhi, dandomi una bell'occhiata. «Ci siamo già incontrati.» Fa una smorfia. «Sembri diversa.»

«Pensi che così ti aiuterebbe?» Tiro fuori la lingua e ansimo. «Ti ricordi di me adesso? Quella che ti sbavava addosso e cercava disperatamente di avere un appuntamento che non mi avresti mai concesso, a qualunque prezzo?»

Maya trasalisce.

Il rossore sale lentamente dal collo di Phillip. «Sì. Cioè no. Buona giornata.» Si volta per andarsene.

Soffoco una risata. «Ci servirebbe una mano per recuperare una mensola da camino dalla soffitta.»

Phillip si ferma e si volta, e devo dire che lo ammiro, considerato che il suo collo è ancora rosso.

Indico la soffitta con la testa. «È appoggiata contro la parete, appena si sale. L'ho segnata con un post-it rosa. La mensola è bianca, la parte superiore è a forma di corona con lo stemma reale. Potresti fare in modo che qualcuno la porti nella suite "fantasia reale"?»

E poi lui mi sorprende andando direttamente alla porta della soffitta e salendo lui stesso a prenderla. Che principe! Ah ah.

Poi mi rendo conto che rovinerà la sua costosa camicia bianca con la mensola polverosa. Appoggio l'orologio e il telefono sul pavimento e grido attraverso la porta aperta della soffitta: «Phillip, aspetta. Rovinerai la camicia bianca. Sembra fatta su misura. Dovresti cambiarti o farti aiutare da qualcuno.»

«Nessun problema» dice lui slacciandosi in fretta la camicia. «Aspetta qui.»

Risucchio il fiato. Mi aspettavo che si cambiasse, non che si spogliasse. Ma pensate che abbia posto fine a quello spettacolare spogliarello? Uh, no. Deve avere un personal trainer. È tutto muscoli abbronzati fin dove i miei occhi famelici riescono a vedere, dai pettorali definiti a quella che sembra una mega tartaruga, più una profonda V all'altezza della vita. Mi si secca la bocca quando scende le scale, con gli occhi verdeazzurro fissi nei miei. Quando arriva a due gradini sopra di me, il mio corpo sta vibrando di desiderio, il sangue mi scorre veloce nelle vene e sono accaldata (e rossa) dalla testa ai piedi. Ha un profumo inebriante, di sapone, un accenno di mare e uomo sexy. No, uomo *arrogante*. *Sii forte.*

Phillip slaccia in fretta i polsini, si toglie la camicia e me la mette in mano. «Grazie per la tua premura, Ruby.»

«Sì» gracchio. «Prego, quando vuoi.»

Lui arcua un sopracciglio, con un sorrisino sexy sulle

labbra. Il suo labbro inferiore è più pieno di quello superiore e lo sto fissando come un'ossessa.

Si volta e sale e, oh mio Dio, la vista da dietro è incredibile: potenti spalle arrotondate, schiena muscolosa, culo sodo. Mi dico che non c'è niente di male nel guardare, anche uno scortese e arrogante principe playboy, purché non sappia che lo sto guardando.

Lui volta la testa. Beccata!

Corro fuori dalla soffitta, con le guance in fiamme e la sua camicia stretta in mano.

«Signora?» chiede Maya, allarmata. «È la camicia di sua altezza?»

Mi schiarisco la voce. Ho le guance che scottano ancora. Imbarazzo? Libidine? Forse entrambi. «Sì.»

«Forse dovremmo chiedere di portare un'altra camicia per lui?»

Do un'occhiata all'orologio e al telefono polverosi che devo portare e alla sua camicia bianca, che sto cercando di tenere pulita. «Sa dove trovarci. Io...» Che cosa faccio? Siamo entrambe troppo sporche per portare la camicia o indossarla. Mi guardo attorno nel corridoio e individuo un busto di bronzo in fondo, su un piedestallo di marmo. «La metterò sopra quel busto e noi torneremo al nostro lavoro.»

«Ma, signora, quello è il busto di un re del passato. Uno dei suoi riveriti antenati.»

«Quindi la camicia gli andrà bene.»

Percorro in fretta il corridoio e appoggio la camicia sul busto che, tra parentesi, non ha un grammo di polvere. Problema risolto.

3

_____

Phillip

Questa mensola ha visto giorni migliori, ed è il motivo per cui si trova in soffitta. Ammetto che di solito non fungerei da uomo dei traslochi, ma Ruby mi ha spiazzato. Era irriconoscibile rispetto a prima. Aveva i capelli legati e coperti da un berretto polveroso dei Rays, tracce di sporco sugli occhiali dalla montatura color tartaruga che le nascondevano i brillanti occhi verdi e il corpo era nascosto sotto un'informe tuta grigia. Mi ha sorpreso con quell'aspetto e rammentandomi il nostro precedente incontro. Ammetto di essermi tolto la camicia solo per darle qualcosa di diverso per cui ricordarmi.

Lo so, lo so, brutta mossa, visto che Anna ha dichiarato Ruby off-limits, ma non è che abbia intenzione di fare qualcosa. Non dovrebbe essere troppo difficile mantenere le distanze. Ruby resterà solo per una settimana e io partirò presto. Prima il tour con la Global Sun Water, un'organizzazione no-profit con cui lavoro da anni, e poi i miei viaggi continueranno come ambasciatore dell'ONU per l'acqua pulita. Mi sono offerto per quella carica all'ONU, citando il mio lavoro per la Global Sun Water per portare la tecnologia delle pompe a energia solare alle comunità più povere. Mi hanno accettato, nonostante alcuni articoli di stampa non proprio favorevoli. La verità è che, buono o cattivo che sia, tutto ciò che faccio attira l'attenzione della stampa e questo servirà a esercitare discretamente pressione sui governi stranieri per rendere l'acqua pulita una priorità. Mi sono impegnato per un anno con l'ONU, ma spero di continuare più a lungo.

Già, signore mie, non sono solo una bella faccia. Voglio fare la mia parte per offrire acqua pulita e voglio anche migliorare la mia immagine pubblica, per il bene della mia famiglia. Ho giurato a mia madre, in lutto dopo la morte di mio padre, che avrei contenuto al minimo gli scandali e avrei smesso di macchiare il nome di famiglia durante questa fase critica di transizione della monarchia di Villroy. Mia madre è sprofondata nel dolore tanto che si è isolata dalla vita del palazzo ed esce solo quando è assolutamente necessario. Ma è al corrente di tutto. Non dico di aver fatto un voto di castità, solo che sarò più discreto.

Quando mi avvicino alla suite padronale, sento dal corridoio la conversazione di Ruby e Maya. «Il principe Phillip di solito è molto gentile» dice Maya.

Grazie, Maya. Ha solo tre anni meno di me. Siamo praticamente cresciuti insieme, dato che anche sua madre lavorava a palazzo.

«All'apparenza, forse» risponde Ruby. *Forse?* «Ti dico che con me è stato incredibilmente scortese.»

Accelero. Devo difendere il mio onore e mettere le cose in chiaro. Inoltre non voglio che Ruby dia a Maya i particolari del nostro incontro. I servitori andrebbero a nozze con un pettegolezzo simile.

Ruby alza la voce. «Voglio dire, non gli ho chiesto di uscire con me e lui si è comportato come se gli stessi dando la caccia. Ti sembro una donna disperata?»

«No, signora» risponde solennemente Maya. Riesco a sentire il sorriso nella sua voce. Ha un bel senso dell'umorismo, anche se resta sempre professionale.

Entro nel soggiorno della suite padronale e appoggio la mensola al camino. Loro due sono nella stanza da letto.

Maya continua. «Forse è per via del...»

«Siamo partiti con il piede sbagliato, temo» dico apparendo di fronte a loro. Se Ruby non è già al corrente dell'asta, preferisco che continui a non saperne niente. Non ha senso darle altre munizioni da usare contro di me, dopo il nostro primo imbarazzante incontro. Spero che se ne sarà già andata prima che l'asta cominci. Inoltre non ho intenzione di partecipare e penso che resterebbe delusa. Non perché voglia fare un'offerta per me (è riservata alle ricche clienti di mia cognata), Ruby sarà delusa perché avrò scontentato la regina.

Restano di sasso, e fissano entrambe il mio torace nudo. Ottengo spesso quel tipo di reazione. Buono a sapersi che i miei allenamenti stanno ancora dando ottimi risultati.

Tendo la mano a Ruby. «La mia camicia.»

«È fuori.» Ruby indica la porta. «Laggiù.»

Maya abbassa gli occhi, fissandomi le scarpe. «È sul busto di re Carlo primo, nel corridoio dove eravamo prima, altezza.» È il mio bis-bis-bis-bisnonno, colui che aveva reinsediato la famiglia Rourke come regnante due secoli fa, togliendo il controllo di Villroy agli inglesi, che l'avevano tolto ai francesi, che l'avevano tolto a noi, la tribù vichingo-irlandese originale. E adesso indossa la mia camicia. Sacrilegio, usare il mio riverito antenato come attaccapanni.

Mi strofino la tempia. «Maya…»

«La farò portare qui.» Si affretta ad andare al telefono, probabilmente per chiamare gli alloggi della servitù.

Ruby si morde il labbro. «Stavo solo cercando di evitare che si sporcasse.»

Inclino la testa verso il soggiorno. Maya ci volta le spalle, ma preferirei avere più privacy.

Ruby indica l'altra stanza. «Vuoi che…»

«Sì.»

Vado in soggiorno e mi siedo sul divano azzurro davanti al camino. Ruby arriva nella stanza e sembra preoccupata. Decisamente siamo partiti con il piede sbagliato. Do un colpetto al cuscino accanto a me. «Per favore, siediti.»

Lei scuote la testa. «Sono troppo sporca per quel divano e non ho intenzione di spogliarmi, diversamente da un esibizionista che ho appena incontrato.»

Sorrido. «Ammetto che stavo tentando di distrarti dalla

prima impressione che avevi avuto di me. Ero irritato per qualcos'altro e me la sono presa con te. Sono sicuro che penserai che sia stato terribilmente scortese. Possiamo ricominciare da capo?» Le tendo la mano. «Salve, sono Phillip. Benvenuta a Villroy.»

Lei fa un sorrisino e si avvicina, mettendosi di fronte a me. «Salve, Phillip. Sono Ruby e sono veramente contenta di fare questo lavoro per la mia buona amica Anna.» Mette la sua manina nella mia e io la stringo. Tutte le mie terminazioni nervose si svegliano a quel contatto, sorprendendomi.

I nostri occhi si incontrano in un momento di consapevolezza. Attrazione. Chimica. È come un arco elettrico tra di noi. Le stringo brevemente la mano e poi lascio cadere la mia.

Lei fa un passo indietro.

«Allora» dice lei nello stesso momento in cui io dico «Ruby.»

«Di' pure» diciamo contemporaneamente, e ridiamo.

Ruby alza una mano. «Principe batte borghese. Per favore, che cosa avevi intenzione di dire?»

«Io non la penso in questo modo. So che le circostanze della mia nascita sono puramente dovute alla fortuna. Alcuni nascono a corte, alcuni in povertà. Sono semplicemente un uomo fortunato.»

Lei agita le dita, nella mia direzione. «Non arrogante come pensavo.»

Mi metto una mano sul cuore. «Mi ferisci.» Mi chino in avanti. «Anche se suppongo di essermelo meritato.»

Ruby fa un gesto indifferente. «Nessun problema per me. Non sto cercando una relazione e nemmeno un appuntamento. In effetti, l'intero genere maschile mi disgusta un po'. Potrei tentare con il sesso debole. Almeno le donne riesco a capirle.»

Sono senza parole.

Lei esplode in una risata. «Sto scherzando! Non che ci sia qualcosa di sbagliato in sé. De gustibus… giusto?»

«Oh. Ah, ah. Sì.»

Ruby scuote la testa, sorridendo. «Quindi facciamo amicizia. È questo a cui puntavi, vero?»

La osservo, assomiglia ancora a un monello sporco. Ha perfino uno sbaffo di polvere sul naso e la guancia. Le sue curve minute sono completamente nascoste dalla tuta grigia. Non dovrebbe esserci un grammo di tentazione nell'immagine che dà di sé, eppure so che non potremo essere amici. Ho sentito quella chimica. Devo mantenere le distanze.

«Sono lieto di aver chiarito il malinteso» dico formalmente. «Ho assicurato ad Anna che mi sarei scusato.»

L'allegria sparisce dal suo viso quando abbassa gli occhi. «Ah, già, sicuro.» Alza la testa e l'espressione amichevole e aperta di prima adesso è chiusa. «Tutto chiarito.»

Ignoro la sorda sensazione dolorosa che sento nel petto. «Bene.»

Nella stanza entra Albert, uno dei nostri servitori più anziani, con capelli bianchi che si stanno assottigliando. «Altezza, le ho riportato la camicia.»

Mi alzo e prendo la camicia che mi tende con la mano nodosa. «Grazie, Albert.» Mi metto la camicia, abbottonandola in fretta.

Lui china il capo e si congeda.

Ruby torna nella camera senza dire un'altra parola.

Mi arriva la voce di Maya, forte e chiara. «Le ho detto che era gentile, signora.» Deve aver origliato, come tutti i servitori.

«Basta parlare di lui» dice bruscamente Ruby. «Adesso mettiamoci al lavoro.»

Esco con il passo pesante. Ho fatto ciò che dovevo. Non è il caso di rimpiangerlo.

Ruby

Il giorno dopo, organizzo tutto in modo che le artiste, Clara e Jeanne, possano fare il loro lavoro. Poi Maya e io andiamo a prendere il traghetto per Nantes, in Francia, per fare shopping. Non so ancora esattamente che cosa sto cercando, lo saprò quando lo vedrò. Qualcosa che completi l'arredamento esistente, che gli dia quel nonsoché, un altro livello di regalità. Vedremo.

«Forse il principe Phillip potrebbe aiutarci, signora» dice Maya mentre scendiamo le scale. «È stato utile ieri con la mensola. Se trovassimo dei pezzi grandi, potremmo avere bisogno di lui per portarli.»

Bleah. Phillip. Ieri mi ha dato il benservito. A quanto pare non sono degna della sua amicizia. Aggiungiamo altezzoso alla sua lista di peccati, che ho ripassato ieri sera, quando mi sono trovata a rivedere mentalmente il filmano dell'incontro con lui a torso nudo. Per quanto sexy, non c'è niente che possa compensare il fatto che è un principe playboy, pieno di sé, arrogante e altezzoso. Ho tolto "scortese" dalla lista dopo le sue scuse. Comunque... meglio aggiungere qualche altro peccato, per buona misura. È troppo formale, presuntuoso e superficiale. Oh, e sì, sa di essere bello. Direi che è tutto ciò che conta per lui visto il modo in cui si è spogliato davanti a me. Assolutamente non il mio tipo. Ho deciso di smettere di seguire il *royal hottie*.

Lancio un'occhiata a Maya. «Secondo la tua logica, potremmo far venire con noi qualunque uomo con le spalle robuste. Scordatelo. Gli uomini detestano fare shopping.»

«Mi dispiace, signora. Non avevo intenzione di intromettermi.»

«Che cosa vuoi dire?»

Maya resta zitta e seguo la direzione del suo sguardo fino al punto in cui c'è Phillip, che ci aspetta in fondo alle scale. Di colpo comincio a respirare più in fretta e il cuore comincia a battere forte. Mi ordino di calmarmi, accidenti! Ha i capelli castani un po' in disordine, come se ci avesse passato le dita e le guance con quel velo sexy di barba. Indossa una camicia button-down grigia con le maniche arrotolate fino ai gomiti che mettono in mostra gli avambracci muscolosi, pantaloni neri, una spessa cintura di cuoio e mocassini. Sembra informale, come un tizio qualunque che posso incontrare nella vita di tutti i giorni, non nella realtà alternativa in cui sono entrata per questa breve visita al palazzo. Alle sue spalle, due uomini dall'aspetto da duri, vestiti tutti di nero, blazer, t-shirt e pantaloni. Le sue guardie del corpo. Si capisce dagli auricolari che portano e dalle loro espressioni fredde e serie.

«Buongiorno, Maya, buongiorno Ruby» dice Phillip con calore. Come se non ci fosse stato l'altezzoso benservito di ieri.

Maya china il capo e fa la riverenza. «Buongiorno, Altezza.»

«Buongiorno, Phillip.» Non riesco assolutamente a dire "altezza". Lo farebbe troppo superiore a me e non è così. «Sono sorpresa che voglia venire a fare shopping con noi.»

«Shopping?» Si rivolge a Maya, con finta sorpresa. «Mi avevi detto che avrei ricevuto un premio.»

Maya arrossisce e scuote la testa. Sospetto che abbia una cotta per lui. Perfino io so che un principe non uscirebbe mai con la sua cameriera. Succede solo nei film.

«No?» le chiede in tono scherzoso. «Non devo ricevere un premio per il miglior karaoke?»

Maya scoppia a ridere.

«Che ne dici del miglior esempio di ballerino ubriaco mai visto nella storia dell'isola?» Mi fa l'occhiolino e scuoto la testa, cercando di non sorridere. Sta prendendo in giro Maya, che si sta bevendo tutta quell'attenzione.

«Lei è un ottimo ballerino, signore» dice Maya con una risata.

Lui china la testa. «Grazie. Buono a sapersi che ho almeno quello come piano di scorta. E oggi, sarò il vostro traslocatore, assistente allo shopping o interprete, a seconda di cosa serve.»

Maya gli sorride radiosa e poi si volta a guardare me. «Il principe parla francese.»

«Potrebbe essere utile» dico, fingendo indifferenza. Non sono una timida cameriera, facilmente abbindolata da un po' di charme. «Cioè, anche il resto va bene. Quindi, okay, andiamo.»

Andiamo a un'uscita laterale del palazzo, dove ci aspettano due Mercedes con i vetri oscurati. Phillip tiene aperta la portiera posteriore. Non so se devo sedermi io lì, oppure Maya. Dove si siedono le guardie?

«Salga, signora» dice Maya. «Io sarò sul sedile anteriore.»

Passo accanto a Phillip, sfiorandolo e il suo calore è abbastanza vicino da accendermi, e mormoro un «Grazie» prima di sedermi.

Phillip mi raggiunge sul sedile posteriore. «Le guardie prenderanno l'altra auto. Qui sull'isola non c'è molto da preoccuparsi, ma sono utili quando sono in pubblico.»

C'è spazio tra di noi ma, anche così, il suo profumo fresco e pulito mi inonda, facendomi desiderare di chinarmi verso di lui, solo per respirarlo. *Bello, Ruby. Ti stai trasformando nella donna disperata e ansimante che pensava che fossi.* Non mi meraviglia che sia un playboy. I suoi feromoni sono letali.

L'auto percorre la strada che scende serpeggiando dal palazzo. Mi godo la vista meravigliosa del mare luccicante, verdeazzurro e del cielo azzurro vivido con soffici nuvolette bianche. Perché si è offerto volontario oggi Phillip? L'ha fatto per fare un favore ad Anna, perché desidera aiutarla con la suite "fantasia reale"? O ha cambiato idea sul fatto di passare del tempo con me, da amici? Non penso che i principi vadano normalmente a fare shopping solo per aiutare la loro cameriera.

Controllo di nascosto il profilo di Phillip, ha un'espressione neutra. Seguo la linea della sua mandibola squadrata, del labbro inferiore più pieno, i tendini del collo, la spalla larga, per tornare a...

Accipicchia! Mi ha fatto l'occhiolino.

Guardo davanti a me, ordinando alle mie guance di smettere di arrossire. Beccata, al cubo. Uffa. Sono il peggior tipo d'ipocrita, l'ho biasimato perché era conscio del suo bell'aspetto e poi sono io che lo sto slumando. Okay, torniamo al lavoro. Logistica, liste, scadenza ristretta. Non serve a niente. Ho la mente in panne. Temo che Phillip abbia provocato un corto circuito.

Mi calmo a sufficienza da rischiare un'altra occhiata. Lui mi rivolge un piccolo sorriso, che ricambio. Sono geneticamente incapace di non contraccambiare un sorriso. Non posso farci niente. Sono una che sorride. Prima del disastro con Satana, cioè il mio ex, ero conosciuta per la mia enorme energia positiva. Sono stata paragonata, in senso buono, a un folletto felice, per la mia statura e la mia energia.

Tento di parlare con Phillip del programma di oggi con un normale tono amichevole. «Dici che i paparazzi ti daranno fastidio?» Potrebbero veramente ostacolare il nostro shopping.

«Spero di no» risponde.

«Fammi sentire qualcosa in francese.»

«Perché?»

«Perché voglio sentire se sembra che lo parli bene.»

Sorride divertito. «E come faresti a saperlo? Maya dice che non parli francese.»

«Ho un buon orecchio per le lingue.»

«Ah, davvero? E che lingue parli?»

«Beh, l'inglese. Ma riesco a riconoscerne un mucchio.»

«Utile…» Il suo tono è buffo e non riesco a fare a meno di ridere. Lui alza un dito. *«Je ne peux pas manger les produits laitiers.»*

Maya ridacchia.

«Perché stai ridendo?» le chiedo, chinandomi verso Maya. «A me sembrava veramente francese.»

«Era francese, signora» risponde lei. «È l'unica frase che conosco. Me l'ha insegnata il principe Phillip.»

Phillip assume un finto tono offeso. «Pensavi che parlassi un finto francese?»

Torno ad appoggiarmi allo schienale. «Beh, non lo so. Ci sono persone che esagerano le loro capacità.»

Lui sbuffa e si china in avanti. «Maya, ho mai esagerato le mie capacità?»

Lei gli sorride radiosa. «No, signore. Lei eccelle in tutto.»

Mi chino in avanti anch'io. «Si monterà la testa se continui a dire roba simile.»

Phillip si volta verso di me e sorride. Siamo inaspettatamente vicini e mi manca il fiato, l'aria sembra vibrare tra di noi. «Ecco qui» dice con la voce roca.

Mi lecco le labbra, sorpresa di quanto abbia voglia di azzerare la distanza tra di noi. La mia libido è rimasta congelata per due mesi, per un buon motivo, e ora si è messa a ballare per lui. La mia libido è un'idiota.

Mi tiro indietro. «Allora che cosa hai detto di bello in francese? Che cosa significava.»

I suoi occhi brillano divertiti. «Non posso mangiare i latticini.»

Mi metto a ridere. «Davvero?»

«Sì, davvero. Anche se io posso mangiare i latticini. L'ho detto per Maya, che è intollerante al lattosio.»

«Purtroppo è vero» dice Maya.

Phillip la indica con un sorriso. Le mie labbra si curvano automaticamente in un sorriso e mi dico severamente che questo è un viaggio di lavoro. È il primo grosso lavoro per la mia nuova attività di arredatrice d'interni, dopo aver perso il posto all'Happy Mouse Kingdom di Orlando due mesi fa. Mi piacerebbe dire che mi sono dimessa, ma la verità è che mi hanno licenziata perché non stavo rendendo come si aspettavano e c'era una lunga lista di gente che voleva quel posto. Avevo semplicemente perso l'ispirazione. Niente energia, niente creatività, niente. È ciò che succede quando scopri che l'uomo con cui vivi da un anno, e di cui sei pazzamente innamorata, è sposato e sta aspettando tre gemelli.

Voilà, comincia la spirale discendente.

Ci eravamo incontrati in un club e mi aveva trattato in un modo così speciale che c'ero cascata di brutto. Mi aveva ricoperta d'affetto, mi sorprendeva con regalini, come i miei tartufi di cioccolato preferiti o fiori, così, senza un motivo, e il sesso era bollente. Poi, dopo un anno di beata, ignorante felicità, mi aveva informato che dovevo trasferirmi perché stavamo vivendo nell'appartamento delle vacanze dei suoi genitori, che stavano arrivando a trovarlo per l'imminente nascita dei suoi tre gemelli. Si aspettava veramente che fossi felice per lui.

Tutto ciò che avevo potuto fare era stato rinchiudermi nella mia vecchia stanza, a casa dei miei genitori, con la mia trapunta rosa a righe bianche, abbuffarmi di gelato al cioccolato e guardare programmi di arredamento d'interni, odiandoli perché non erano realistici. Dopo un po', mi ero strappata dal letto macchiato di gelato, avevo messo insieme un curriculum vitae e l'avevo mandato in giro. Senza un accidente di risultato. Così avevo deciso di mettermi in proprio. Ero riuscita a fare qualcosa, piccole cose per la maggior parte, tipo cambiare l'arredamento di una veranda, roba che avrebbe al massimo pagato mezza settimana d'affitto. Non abbastanza da permettermi di vivere da sola, ed è una necessità perché, indovinate chi è incinta? No, non io. Mia madre! È il suo miracolo. Ero rimasta sbalordita quando me l'aveva detto un mese fa perché, dopo aver avuto me, aveva avuto una serie di aborti spontanei e il medico le aveva detto di smettere di provarci, per il bene della sua salute. Non pensava di poter restare incinta a quarantatré anni (mi aveva avuto quando ne aveva diciotto). Comunque, la gravidanza di mia madre, con una bambina (sì!) sta andando bene e presto i miei genitori avranno bisogno della mia stanza per la piccola. Non mi trasferirò troppo lontano, comunque. È la sorellina che ho sempre voluto e voglio decisamente far parte della sua vita.

Quindi basta con questa distrazione maschile. Il lavoro è la chiave per rimettermi in piedi e non permetterò a un sorriso affascinante, a un inebriante profumo maschile, o a una barba sexy, di mettersi in mezzo.

Mi rivolgo a Phillip nel mio tono più professionale. «Hai mai fatto shopping a Nantes?»

«Certo, è proprio alla porta accanto.»

«Dimmi tutto.»

Phillip non mi delude e mi racconta dello storico Passage Pommeraye, uno dei centri commerciali originali, che risale al 1843, il posto migliore per le antichità, i vestiti e i gioielli. Non sa molto di arredamento, ma non importa perché posso chiedere in giro per sapere dove andare.

Quando arriviamo al porto, sono convinta che Maya abbia fatto bene a chiedere a Phillip di venire con noi anche se inizialmente avevo pensato di non averne bisogno. Scendo dall'auto e vedo il traghetto che aspetta lungo il molo. È pieno di passeggeri.

Cammino in fretta verso il traghetto. «Sbrigatevi! Non voglio perderlo.»

Una grande mano calda mi prende il polso, fermandomi. Guardo Phillip negli occhi, giuro, hanno l'identico colore del mare che c'è qui, e il calore che vedo mi dà la scossa. L'ho sentita anche ieri quando mi aveva stretto la mano, come una corrente elettrica. C'è un'attrazione che sfrigola tra di noi e so istintivamente che prenderebbe fuoco alla minima spinta.

Deglutisco, presa dalla sua stretta, letteralmente e figurativamente.

«Da questa parte» dice, tirandomi verso l'altra parte del molo. Stanno già aiutando Maya a salire su un elegante yacht bianco.

Phillip mi lascia andare il polso e io torno a essere la ragionevole me stessa. Avrei dovuto sapere che un principe non avrebbe viaggiato tra la folla su un traghetto pubblico. «Il tuo yacht reale?»

«Il mio yacht reale.» Abbassa la voce a un mormorio roco. «Avevo promesso un viaggio piacevole.»

Socchiudo gli occhi alla sua allusione, nonostante la chimica evidente tra di noi. Ieri si è comportato come se fosse superiore a me; oggi sta usando il suo fascino per che cosa? Seduzione? Non ho bisogno di un uomo così, no davvero, anche se l'ammiro a torso nudo. E con le maniche arrotolate. E costantemente… merda. Che diavolo ho che non va? I miei ormoni sono fuori controllo. *Buona, ragazza!*

«Non è bello?» mi chiede Maya dal ponte.

«È splendido!» le urlo. Poi dico sottovoce a Phillip: «Maya ha una cotta mostruosa per te.»

«Lo so. Andiamo?» Mi mette la mano sulla schiena e mi guida verso la passerella.

Ignoro il calore della sua mano e permetto che la lasci lì, per mettere alla prova la mia forza d'animo. Resisterò coraggiosamente alla tentazione, con ogni grammo di forza mentale ed emotiva che ho. Inoltre, è troppo bello sentire la sua mano sulla schiena per pensare a respingerla.

Lo guardo. «Allora incoraggi la sua cotta anche se è senza speranza?»

Lui alza una spalla.

«E se stesse respingendo altri uomini perché pensa di essere innamorata di te?»

Lui mi toglie la mano della schiena e mi fissa. «Pensi che sia innamorata di me?»

«Perché no? Sei stupendo, caloroso e gentile con lei. Per non dire poi che sei un accidente di principe.»

Phillip curva le labbra in un lento sorriso, che si apre man mano, con i denti bianchi che lampeggiano contro l'accenno di barba scura sulle guance. Sono immune, maledizione.

«Che c'è?»

«Questa potrebbe essere la cosa più carina che qualcuno mi abbia detto. La parte del caloroso e gentile, non quella dell'accidente di principe.»

Gli do la mia occhiata più minacciosa, anche se, essendo un folletto di un metro e mezzo, non mi riesce proprio bene. «Solo, non spezzarle il cuore. Maya mi piace.»

«Anche a me, Ruby. Anche a me.»

La fitta di gelosia mi mette in allarme. Forse Maya ha una possibilità con lui.

E perché dovrebbe importarmi?

4

Sono qui solo per aiutare Anna. Quando mia cognata tornerà dalla sua luna di miele e mi troverà più che mai deciso a rifiutare di prendere parte alla sua asta di scapoli, almeno potrò sentirmi meglio, perché avrò aiutato la sua amica con la suite "fantasia reale". Mi dico che è più che sufficiente. Mi renderò utile con Ruby e lei, spero, glielo riferirà al suo ritorno.

Solo che so che non è l'unico motivo per cui sono qui. Voglio passare più tempo con Ruby. Ieri, quando ho mantenuto le distanze, dopo la sua aperta cordialità, mi è sembrato di aver perso qualcosa d'importante. Ruby è bella e ha una tale *joie de vivre*, una scintilla interiore di entusiasmo ed energia che trovo irresistibile. Non posso negare l'attrazione e so che è reciproca. È come una cosa viva, che respira, tra di noi. Sarebbe così brutto se agissi di conseguenza?

Sì! Sarebbe veramente brutto. Anna ti ha già avvertito di tenere le mani a posto.

Prendo il telefono. Eccolo, il messaggio di Anna "Tieni giù le mani da Ruby". *Abbiamo bisogno di lei e non posso permetterti di incasinare tutto come fai con ogni altra donna.*

E la piccola gemma: *Ti voglio bene, ma tienilo nei pantaloni.*

Studio il testo per un momento. Sapete, non dice che non

posso essere *amico* di Ruby. Resisterò in cima a quella montagna di virtù finché morirò di libidine insoddisfatta. O finché Ruby tornerà negli Stati Uniti la settimana prossima. Altro buon motivo per tenerlo nei pantaloni. Lei se ne andrà; io sto per andarmene. Secondo Anna, lei non è tipo da sesso occasionale, il che significa che un'avventuretta con me le lascerebbe dei rimpianti.

Non sono famoso per gli impegni duraturi. Non dopo la mia ex, Lana. La nostra relazione, durata ben cinque anni, è finita con una rottura molto pubblica, ben documentata dalla stampa e dalle riviste di pettegolezzi. Devo ammettere che, dopo, mi sono dato da fare per mezza Europa. Nessuna di quelle donne era quella giusta. Non sono mai riuscito ad arrivare al terzo appuntamento, tanto meno a impegnarmi. Poi ho incontrato Hailey, la wedding planner del matrimonio di mia sorella Silvia negli USA e mi sono auto-sabotato scegliendo proprio lei, una donna chiaramente innamorata di un altro uomo.

Espiro bruscamente. Basta, non sto più cercando la donna giusta. Forse, più avanti, accetterò un matrimonio combinato, per il bene del regno. Questa alternativa era stata offerta sia a me sia ai miei fratelli, anche se solo Gabriel ed Emma l'avevano accettata. Gabriel ha cambiato idea quando ha incontrato Anna. Emma è ancora fidanzata e sembra contenta dell'accordo.

Dalla cabina del capitano dello yacht, dove sto con l'equipaggio, guardo in basso verso il ponte, dove Ruby e Maya stanno ammirando lo spettacolo di Villroy che scompare in lontananza. Sono una l'opposto dell'altra, la bionda Ruby con i capelli selvaggi e sciolti alla brezza marina, la bruna Maya, con i capelli ancora quasi completamente raccolti in uno stretto chignon. Maya indossa l'uniforme, camicia bianca e pantaloni neri, mentre Ruby è tutta colorata, con un abito a fiori dalle vibranti tonalità di rosso, rosa e giallo. Maya è tutta compostezza e correttezza, anche se ha un buon senso dell'umorismo. Ruby è più rilassata, più aperta.

Osservo l'isola, casa mia. Quasi non contaminata dai tempi moderni, anche se abbiamo i telefoni cellulari e Internet. La linea della costa è aspra, fatta di scogliere a picco sull'oceano. Tra le rocce si annidano piccole baie con splendide spiagge sabbiose. Port Axel è la maggior base commerciale per i pescatori, che catturano principalmente tonni, branzini, rane pescatrici e molluschi. Sulla costa ci sono un vecchio faro con la cupola rossa, le barche bianche della gente del posto ancorate vicino al porto e più in là, gli edifici bianchi con i tetti rossi dell'industria ittica commerciale; all'interno e lungo la strada verso il palazzo i cottage bianchi con le finiture azzurre e ancora più lontano dune e acquitrini. Villroy è parte di me e non importa quanto mi allontani, torno sempre a casa. Sono fortunato perché vivo a Palazzo Amalie, appollaiato al centro dell'isola su una collina che la sovrasta.

Raggiungo le donne accanto al parapetto e mi metto accanto a Ruby. «Salve. Ti stai godendo il panorama?»

Lei si porta i lunghi capelli biondo scuro dietro le orecchie prima di voltarsi. «Assolutamente. Il palazzo sembra uscito da un libro di fiabe, specialmente da lontano.»

Sorrido. L'ho già sentito dire, ma per me è semplicemente casa mia. Il palazzo Amalie è fatto di arenaria e ha i tetti di rame, è alto cinque piani, sei nelle due torri. Ci sono due lunghe ali che si allungano ai lati e formano un cortile sul retro che porta a giardini curatissimi e a un lungo viale che arriva fino al mare.

«Penso che l'ultima ristrutturazione sia quella che ha aggiunto tutte le guglie» le dico. «Gli incendi hanno distrutto alcuni dei palazzi precedenti. Questo è stato costruito nel diciottesimo secolo e ristrutturato parecchie volte.»

Lei torna a guardare il panorama. «È incantevole.»

«E pensare che i miei antenati vichinghi avevano cominciato con una semplice fortezza circolare di pietra.» Indico la struttura diroccata appollaiata sulla collina di lato al palazzo.

«È quella?» Si volta verso di me e arriccia il naso. «Preferisco quello nuovo.» I capelli le volano sul viso quando lo yacht vira e lei li tiene fermi con entrambe le mani. «Non è pericoloso avere un mucchio di pietre come quello? Sembra che possa crollare da un momento all'altro.»

«Ci ricorda la nostra storia e ricorda agli isolani che al

governo c'è la famiglia giusta. Sono stati i nostri antenati a fondare l'insediamento.»

«Bello.» Ruby lascia andare i capelli che le schiaffeggiano in viso. Riesco a malapena a resistere alla tentazione di trattenerli per lei. Sputa una ciocca di capelli e li tira indietro di nuovo. «Vorrei aver portato una fascia o un cappello.»

«Potremmo andare in cabina.» Indico la cabina chiusa dietro di noi. «Vedresti comunque il panorama. Ci sono un divano, la TV, un bar e un frigorifero.»

Lei sbircia all'interno da una delle finestre. «Certo.» Chiede a Maya: «Vuoi entrare con noi?»

Maya sorride. «Grazie ma vorrei godermi un po' il sole, signora. Vada pure.»

Ruby si volta verso di me. «Okay, fai strada.»

E vado, dicendomi che è un gesto innocente. Un'ora insieme in una cabina chiusa. Non è come se la stessi portando nella suite padronale. Apro la porta e la seguo.

Ruby si ferma di colpo. «È stupenda!»

«Grazie. Anche se in effetti non dovrei prendermene il merito.»

Fa qualche passo avanti. «È così elegante e lineare.» La cabina è arredata con un divano bianco componibile, un lucido tavolino, armadietti e parquet dello stesso legno. Il soffitto è bianco, con le luci incassate e una modanatura di legno dello stesso colore dei mobili e del pavimento. Oltre il bar c'è una zona pranzo su una piattaforma rialzata, e una fila di finestre.

«Immagino che l'arredamento sia lineare perché deve poter affrontare il mare» dico. «Per favore, siediti. Vuoi qualcosa da bere?»

Ruby si siede al centro del divano davanti alla TV. «Certo! Che cos'hai?»

Vado dove c'è il bar. «Tutto. È ben rifornito.»

Lei mi guarda alzando le sopracciglia. «È troppo presto per un margarita?»

Sorrido. Non è ancora mezzogiorno. «Mai, ma purtroppo sono io il tuo barista. Posso versare uno scotch, whiskey, birra o vino. Non sono granché con i cocktail.»

«Wow, sarò servita da un principe? È mai successo nella storia del regno?»

Le punto un dito addosso. «E, per questo, tutto ciò che avrai è acqua di sentina.»

Lei mi mostra la lingua. «Sembra orribile.»

«*È* orribile. È l'acqua sporca che si raccoglie sul fondo della barca.» Apro l'armadietto dei liquori e controllo il contenuto. Ben rifornito, come sempre e ci sono anche degli snack: pretzel, noccioline, patatine, frutta essiccata e frutta secca assortita.

Ruby appare al mio fianco. «Non scherzavi dicendo che è ben rifornito. Adesso vorrei non esser così sazia dopo la colazione. Voi aristocratici sapete come mangiar bene. C'è del tè freddo?»

Vado al frigorifero dall'altra parte della cabina. «Sì.» Le passo la lattina e prendo una bottiglia d'acqua per me.

Lei dà un'occhiata alla zona pranzo. «Ooh, sediamoci lì. Si vede benissimo dove siamo diretti.»

La seguo al tavolo e lei si siede, guardando il panorama. Mi siedo alla sua destra e l'ammiro di nascosto mentre lei guarda il mare. È così vibrante, con i capelli scomposti dal vento, le guance rosee. Nella mia mente lampeggia un'immagine di Ruby, sul letto, in disordine dopo una lunga sessione... No! Off-limits. Proibita. Mi obbligo a guardare il mare.

Tra di noi il silenzio si prolunga.

Mi sento improvvisamente nervoso come se questo fosse un primo appuntamento e il silenzio significasse che sarà orribile. Non mi innervosisco mai ai primi appuntamenti, quindi perché dovrei essere nervoso adesso? Ho le mani sudate e la gola improvvisamente secca. Apro la bottiglia d'acqua e bevo un lungo sorso, di colpo conscio del suono che faccio deglutendo.

Ruby apre la lattina di tè, con un forte pop quando rompe il sigillo e beve un sorso.

Di' qualcosa!

«Allora, come hai conosciuto Anna?»

Lei sorride e io mi rilasso immediatamente. «Era l'amministratrice della palazzina dove vivevo, a Tampa. Quella donna riesce ad aggiustare qualunque cosa! Ero lì da un mese circa quando il frigorifero nel mio appartamento smise di funzionare. Non solo Anna lo sistemò, ma mi disse anche di usare il suo mentre aspettavo. Capisci, ci conoscevamo appena e lei mi ha consegnato le chiavi del suo appartamento in modo che non avessi disagi.»

«È proprio da Anna. Generosa e non convenzionale.»

«Sì! Comunque, sono rimasta con lei mentre riparava il mio frigorifero e abbiamo fatto subito amicizia. Poi abbiamo improvvisato un festeggiamento a casa sua per celebrare il fatto che il frigo fosse tornato in funzione. Ha preparato il ghiaccio tritato rompendolo in un sacco con una mazzetta di legno. In effetti, abbiamo fatto a turno a spezzare il ghiaccio e poi Anna ha preparato dei Moscow mule.» Sospira. «Mi sono trasferita a Orlando per un lavoro, ma abbiamo continuato a vederci. Tampa non era lontana. Mi mancherà veramente ora che vivrà qui. Anna è la migliore, lo sai, vero?»

«Siamo fortunati ad averla qui. Quindi sei qui per una settimana, vero? O resterai più a lungo per passare un po' di tempo con lei?» Avrei dovuto chiederglielo prima. Avevo immaginato che sarebbe partita una volta finito il lavoro nella suite.

«Due settimane. Anna arriverà domenica e io partirò la domenica successiva.»

«Io partirò il giorno dopo di te per un tour internazionale di cinque settimane con la Global Sun Water. È un'organizzazione no-profit che si adopera per fornire pompe a energia solare alle nazioni povere. Poi comincerò il mio lavoro come ambasciatore itinerante delle Nazioni Unite per l'acqua pulita.»

Lei si ferma, con la bottiglietta del tè a metà strada verso la bocca. «Non me l'aspettavo. È meraviglioso che tu sia coinvolto in una causa così degna.»

Mi blocco, risentito. Chiaramente pensava che fossi un tipo superficiale. «Ti aspettavi che passassi le mie giornate a fare shopping o rintanato nel palazzo?»

Lei ride. «Allora come funziona con le pompe a energia solare?»

Le parlo della tecnologia, che è una semplice questione di applicazione intelligente di ingegneria. È difficile immaginare la vita senza quella risorsa fondamentale a portata di mano. Per molti villaggi, è la prima volta in cui hanno l'acqua a disposizione nelle vicinanze.

«La tecnologia rende possibile andare oltre la semplice sopravvivenza» concludo.

«E qual è la tua parte?»

«Io sono quello che fa puntare i riflettori sulla loro causa. Vado nei villaggi con la Global Sun Water, ma incontro anche diplomatici e capi di stato, taglio un sacco di nastri per la stampa.» Ho anche dato grossi contributi finanziari, ma non lo menziono. Non lo faccio per la gloria. Lo faccio perché credo nella causa.

Ruby scuote la testa. «Phillip, hai una profondità inaspettata.»

Brucia, ma mi costringo a continuare a parlare in tono allegro. «Non sono solo una bella faccia, eh?»

Lei si porta una mano alla bocca. «È così che suonava, vero? Mi dispiace.» Abbassa la mano. «Devo aver avuto una falsa impressione di te, sai, da tutte quelle fotografie in cui facevi il farfallone sulla spiaggia con le top model.»

«Io non sono un farfallone.» Aggrotto la fronte. «Almeno credo? Ti dispiacerebbe mostrarmi un esempio di farfallone?»

Ruby mi sorprende alzandosi e spostandosi al centro della cabina. Io scendo dalla piattaforma principale per vederla meglio.

«Immagino sia qualcosa del genere.» Afferra l'orlo della gonna e la fa ondeggiare prima di fermarsi, far fare una specie di casquè a una partner immaginaria e stringere le labbra, come per baciarla.

«Non ci siamo.»

«Più così, allora?» Corre al rallentatore verso di me, con le braccia aperte come per abbracciarmi. Ha un sorriso esagerato sul volto, come se fosse estasiata di vedermi.

Io imito il suo grande sorriso finto e apro le braccia. Lei non si ferma davanti all'invito, al contrario, si avvicina. Io l'abbraccio e la faccio roteare, fingendo di essere entusiasta di vederla.

Solo che con Ruby tra le braccia, con il suo sguardo che cerca il mio, di colpo sembra tutto molto reale.

∾

Ruby

Sento il cuore che mi pulsa nelle orecchie e sono travolta da un piacere inebriante e inaspettato quando Phillip mi fa roteare. Poi smette, continuando a tenermi per la vita, con i piedi sollevati dal pavimento. Abbiamo gli occhi alla stessa altezza. Phillip è più alto di me, quindi di solito non li vedo così da vicino. Noto ogni particolare, le pupille dilatate, l'anello azzurro più scuro intorno all'iride, le ciglia folte. Un uomo non dovrebbe essere così bello.

Quando parla, la sua voce è roca. «Dovrei rimetterti a terra.» Non accenna a muoversi per farlo.

Io fisso la sua bocca, quel labbro inferiore più pieno che mi ha tentato fin dall'inizio. «Posso...» Mi avvicino e sporgo la lingua per assaggiarlo.

Lui geme e poi la sua bocca si chiude sulla mia. Non è né troppo dura, né troppo morbida. È perfetta. Voluttuosa. Seducente. Sto annegando nelle sensazioni, nel piacere di baciare quest'uomo bellissimo. Riesco a malapena a tirare il fiato, ma non m'importa. Ho solo bisogno di continuare. Di colpo ho bisogno di lui, i miei desideri a lungo dormienti tornano improvvisamente in vita.

Phillip interrompe il bacio e mi rimette in piedi. Non ho finito. Gli metto le braccia intorno al collo, in punta di piedi, e gli mordo il labbro inferiore. Lui ringhia, dal profondo della gola, spostandomi e inchiodandomi contro la parete, e mi divora. Gli infilo le dita tra i capelli morbidi, adoro quanto sono folti, adoro tutto quanto di lui, il suo sapore, il suo profumo, il modo in cui mi bacia come se avesse fame di me, esattamente la stessa fame che provo per lui.

Phillip interrompe di colpo il bacio, si volta verso la porta della cabina e sbotta: «Che c'è?»

Wow, non l'avevo nemmeno sentita aprire.

È Maya, con gli occhi sgranati mentre guarda me inchiodata tra la parete e Phillip. Emette un breve gemito, si volta in fretta ed esce dalla cabina.

Phillip chiude gli occhi e sospira a lungo. Non so come, ma so che ha intenzione di andare a confortarla.

«Non ti ha mai visto con una donna prima d'ora?» sussurro.

Phillip fa un passo indietro e si passa una mano tra i capelli. «Non così da vicino. Non porto a casa le donne, eccetto la mia ex, ed è stato oltre un anno fa.»

«Ah.»

Lui sorride tristemente. «So che dovrei andare a parlarle, ma non penso che sia il caso con me in questo stato.» Indica il rigonfiamento massiccio sotto la cintura.

Nella mente mi lampeggia l'immagine del corpo muscoloso di Phillip, che mi copre e si spinge dentro di me. Alzo la testa, ho la bocca secca. «Probabilmente no.»

Phillip fa un respiro profondo. «Non avrei dovuto baciarti.»

«Va tutto bene.»

Mi guarda negli occhi, aggrottando le sopracciglia. «Non so che cosa mi ha preso. Abbiamo solo un paio di settimane prima di andarcene ciascuno per la sua strada. E non voglio ferire i tuoi sentimenti, specialmente visto che sei un'amica di mia cognata.» Fa una smorfia e distoglie lo sguardo.

Ha ragione. Vorrei che non fosse così. Provo cose per lui che non provavo da tempo: calore, affetto, desiderio. Non è lo stronzo arrogante che avevo pensato che fosse. Mi piace. E non mi illudo che il bacio incredibile che abbiamo appena condiviso avrebbe potuto capitare con qualunque altro uomo attraente. Di solito il primo bacio è titubante, imbarazzato o maldestro. A volte tutte e tre le cose insieme. Questo bacio è stato perfetto e appassionato. È raro e speciale e… impossibile. Viviamo in mondi diversi, ce ne andremo ciascuno per la propria strada molto presto e lui è un famoso playboy. So benissimo che non è il caso di impegolarmi con lui, per quanto possa tentarmi.

Sembra così mesto che decido di non lasciarlo sulle spine. «Nessun problema, ci limiteremo a riavvolgere la pellicola.»

Apro le braccia e cammino all'indietro verso il centro della cabina, proprio come se stessi riavvolgendo il film, allontanandomi dal mio innamorato attraverso un prato.

Lui sorride e alza le mani. «Mi piacerebbe dire che funziona, ma…»

Mi dirigo verso il divano. «Dai, vieni, guardiamo un po' di TV. Probabilmente dovresti parlare con Maya appena potrete farlo in privato. Sono sicura che non le piacerebbe il discorsetto *Non sei tu, sono io*, se fossi lì io ad ascoltarlo.»

Phillip si siede accanto a me e prende il telecomando da un vano dietro di noi. «Avevo intenzione di dire "siamo cresciuti insieme, quindi ti ho sempre visto come una sorellina.»

Gli do un'occhiataccia. «Puoi fare di meglio.»

«Che ne dici di "non è ciò che provo per te"?»

«*Biip.* Risposta sbagliata.»

Phillip accende la TV con un'espressione preoccupata, passando in fretta da un canale all'altro. «Che cosa dovrei dire? Pensavo fosse una cotta innocua. La madre di Maya lavorava come cameriera per la nostra famiglia e Maya ha cominciato a lavorare per noi quando aveva sedici anni. Io ne avevo diciannove. Mi sembrava veramente una sorellina.»

«Oh, wow. Quindi la cotta dura da parecchio?»

«Immagino. Arrossiva parecchio quando era con me, già allora. Comunque ho ventinove anni. Pensavo che a questo punto avesse capito che non ci poteva essere niente tra di noi.»

Faccio una smorfia. Immagino che non ci sia esattamente un bel modo per respingere una cotta non corrisposta. «Vai con la storia della sorellina. Si sentirà ferita, qualunque cosa tu dica. Almeno quella è la più gentile delle risposte del tipo *non è niente di personale.*»

Phillip si ferma su un canale dove danno una partita di

calcio e appoggia il telecomando. Io lo prendo, cambio canale, ne scelgo uno sulla moda e gli sorrido.

Lui mi prende per il mento e mi bacia, un bacio forte e duro che mi scombussola, lasciandomi senza parole. Poi prende il telefono, ignorando la TV.

Sento il calore che mi pervade. So che è stupido. È solo uno spettacolo in TV, ma il mio ex non mi ha mai lasciato il controllo del telecomando. Sono piccolezze. Non riesco a farne a meno. Lo afferro e lo abbraccio, stringendolo in vita. Lui mi sorride ed è come se il sole mi stesse scaldando dappertutto.

Lo lascio andare e mi metto comoda, allungandomi sui cuscini morbidi e appoggiandomi al suo fianco. Lui mi prende la mano e la stringe nella sua calda.

E il mio stupido cuore fa una capriola.

Sorrido.

Non è finita.

5

Ruby

Qualcuno deve aver fatto trapelare la notizia del nostro arrivo perché quando scendiamo sul molo a Nantes c'è una folla che ci aspetta. Gente del posto con i telefonini in mano pronti a fare foto, ma anche quelli che sembrano paparazzi, con macchine fotografiche munite di enormi teleobiettivi puntati su Phillip. Vogliono il *royal hottie*.

Le guardie del corpo si mettono al nostro fianco. Phillip mi mette un braccio sulle spalle, tenendomi stretta. Una donna corre verso di noi, gridando il suo nome e scontrandosi con Maya. Phillip afferra Maya e la stringe sotto l'altro braccio. La gente urla "principe Phillip" e *royal hottie*, e gli fa mille domande in inglese e in francese. Colgo solo una parola qui e là.

«Due donne? Una sola non bastava, eh, stallone?"»

«Chi sono le ragazze?»

«Lana è tornata single. Dalle un colpo di telefono e sei pronto per un'orgia!» Una risata percorre la folla.

Rabbrividisco. È la sua ex. La loro era una relazione molto pubblica. La stampa li aveva etichettati "la coppia d'oro". Io avrei detestato quel tipo di attenzione sulla mia vita privata. Le riviste di gossip avevano parlato con tutti i dolorosi particolari della loro rottura e del nuovo amore di Lana.

Phillip non reagisce, la sua espressione resta impassibile mentre ci guida tra la folla, con le guardie del corpo che fanno strada. Ci portano in tutta fretta in una limousine in attesa e Phillip fa salire me e Maya per prime. Io mi affretto ad andare dall'altra parte del sedile, lasciando spazio per loro. Maya si siede davanti a me, stringendo forte le mani in grembo. L'auto parte appena la portiera si chiude dietro a Phillip.

Phillip si siede accanto a me e si china verso Maya. «Va tutto bene?»

Lei continua a fissarsi le mani. «Sì, signore, tutto bene.»

Phillip si volta a guardarmi facendomi silenziosamente la stessa domanda.

«Sto bene.»

Phillip si appoggia e sbuffa. «Merda. Chissà che storia si inventeranno, e su una cosa così semplice come un'uscita per fare shopping. È ridicolo. Perché non possono riferire notizie vere? Qualcosa di cui valga la pena di scrivere.»

«Il tuo viaggio con la Global Sun Water dovrebbe aiutarti.»

I suoi occhi lampeggiano. «È su quello che dovrebbero concentrarsi. Acqua pulita, aiutare la gente. Non la mia vita sociale. A chi interessa?»

Alzo una spalla. «A me no.»

Phillip scoppia in una risata. «Va bene, basta agitarsi. Divertiamoci e basta.» Dà un'occhiata a Maya che è silenziosa e che ha ancora lo sguardo fisso sulle mani.

Accenno con la testa alla console centrale, dove c'è una bottiglia di champagne in un secchiello di ghiaccio.

«Forse dovremmo cominciare la nostra uscita con un po' di champagne» dice Phillip. «Vi sembra una buona idea, signore?»

«Sicuramente.»

«Maya?»

«Sono in servizio, signore.»

Lui alza la bottiglia di champagne. «Sei ufficialmente fuori orario. E se vuoi indossare qualcosa di diverso rispetto alla tua uniforme, possiamo scegliere qualcosa per te nei negozi. Un mio regalo per te.»

Maya alza la testa, sorpresa. «Davvero?»

«Sì, davvero. Ho sempre pensato a te come se facessi parte della famiglia, come la sorellina piacevole che non ho mai avuto.» Si mette una mano davanti alla bocca e sussurra, con fare cospiratorio: «Non dire a Emma e Silvia che te l'ho detto.» Sono le sue due sorelle minori.

Maya si morde il labbro, cercando di non sorridere. «Grazie, signore.»

Phillip apre la bottiglia di champagne con un botto e Maya ride al rumore. E così, Phillip l'ha riconquistata, come amica. Le versa un bicchiere e glielo porge, poi ne versa uno anche a me.

Mi porge il bicchiere ammiccando. «A un farfallone supremamente dotato.»

Arrossisco al ricordo del nostro bacio. «Oh, grazie.» Bevo un sorso e colgo la smorfia di Maya prima che si volti a guardare fuori dal finestrino.

~

Phillip

Eccetto il trambusto iniziale al molo, il resto del viaggio passa liscio. Il personale di palazzo è come una macchina ben oliata quando si tratta delle nostre uscite. I negozianti ricevono la notifica della nostra presenza e ogni negozio chiude agli altri clienti durante la nostra visita. Hanno interesse a farlo perché sanno che ho i fondi e che qualunque cosa compri diventerà immediatamente popolare. Il fatto che sia un martedì di settembre lo rende più facile. Non sto chiedendo loro di rinunciare al traffico di clienti del fine settimana.

Cominciamo dal Passage Pommeraye perché Maya non vede l'ora di trovare degli abiti diversi e Ruby vuole vedere lo storico centro commerciale. L'hanno chiuso per due ore per il nostro shopping privato. Appena entriamo, Ruby va in brodo di giuggiole. Ciò che inizialmente era un passaggio tra due vie, ora è una galleria di negozi, sontuosamente decorata, alta tre piani con una cupola di vetro e un grande scalone centrale.

«Oh, guarda queste colonne!» esclama Ruby, togliendo il

telefono dalla borsa e facendo una foto. «E l'arco, l'orologio, i cherubini!» Indica i cherubini scolpiti che danno sul passaggio. «Non sono dei tesori? Perfino le finestre sono da urlo!»

È un posto affascinante, in vero stile neoclassico francese. I negozi all'interno della galleria una volta erano all'aperto, quindi hanno mantenuto le finestre originali, con i profili di gesso scolpito e fioriere in ferro battuto sotto il davanzale. L'arco della galleria è anch'esso decorato con sculture in gesso e un grande orologio. La cupola di vetro lascia entrare la luce naturale, attenuandola.

Chiedo a Ruby: «Hai intenzione di fare solo fotografie o di fare acquisti?»

Lei rimette il telefono in borsa. «Tu e Maya andate nei negozi di vestiti. Io controllerò tutti questi posti dall'aspetto bizzarro. Questo posto è magico!»

La lascio al suo lavoro.

Un'ora dopo, Ruby sta ancora facendo compere da qualche parte e Maya è uscita con il nuovo completo, un blazer color ruggine su una t-shirt in tinta, pantaloni neri e stivali di pelle nera dal tacco alto. Ha sciolto i capelli e la trasformazione è impressionante. Non sembra più la Maya con cui sono cresciuto. È una giovane donna elegante, perfino sexy, con i capelli castano scuro che le ricadono in soffici onde sulle spalle.

«Maya, stai benissimo. Dovresti andartene dal palazzo, incontrare gente della tua età e socializzare di più.» Capita raramente che si prenda dei giorni liberi.

«Grazie, signore.» Ha le guance rosse. «Dove dovrei andare?»

«Dovunque ci siano tipi interessanti della tua età. Magari qui o a Parigi.»

Lei si mette le mani dietro la schiena. «Parigi è a parecchie ore di distanza in treno.»

Mi rendo conto che il facile accesso che ho allo yacht e al jet mi fanno dare per scontata la mia libertà di movimento. «Bene, allora a Villroy.»

«Non sono rimasti molti uomini giovani, solo in pochi hanno scelto di proseguire l'attività di pesca dei loro padri.»

Probabilmente li conosce da tutta la vita e nessuno di loro le interessa. Improvvisamente voglio di più per lei di una cotta non corrisposta. Voglio che esca e trovi la sua felicità. Non mi sono mai chiesto come fosse la vita insulare per lei. È giovane. Dovrebbe poter uscire, incontrare uomini sbagliati e divertirsi facendolo.

Mi strofino la guancia ruvida di barba. «Beh, è un problema. Penso che le cose cambieranno quando le idee della regina cominceranno a funzionare, con la spa e la linea di prodotti di bellezza naturali. Probabilmente avremo un afflusso di gente giovane e di visitatori.»

Lei mormora qualcosa, evasiva. Non sembra molto convinta.

«Forse uno dei miei fratelli potrebbe presentarti a un suo amico o...»

Le sue guance si infiammano. «Per favore, non si preoccupi di trovarmi qualcuno, signore.»

Chiudo la bocca. Non ho mai trascorso del tempo con Maya fuori dalle mura del palazzo e mi fa ripensare ai miei privilegi. Devo ricordarmi di essere grato e continuare i miei sforzi per dare agli altri. È l'unico uso significativo per ciò che mi è stato dato. Forse Lana mi ha fatto un favore, scaricandomi. Ero talmente perso che mi sono gettato in un mucchio di distrazioni, donne, sì, ma ho anche riempito la mia agenda con eventi di beneficenza e sono andato ovunque servisse una rappresentanza reale. A quel tempo, Gabriel stava ancora evitando la luce dei riflettori. Contribuivo già da tempo, finanziariamente, alla Global Sun Water, ma era stato un incontro a faccia a faccia con il direttore, a una raccolta fondi, che mi aveva portato a un coinvolgimento più attivo.

«Phillip! Maya! Guardate che tesori ho trovato!»

Alzo gli occhi al secondo piano, già sorridendo, e vedo Ruby sovrastata da due colonne greche scolpite con un elemento decorativo in cima. Due robusti negozianti le tengono dritte.

Ruby continua: «E non erano nemmeno in vendita! Erano qui come decorazione. Non sono stupende?»

Maya annuisce e sorride.

Le colonne danno l'impressione di essere finte. Immagino che siano fatte di truciolato. «Wow.» È tutto ciò che riesco a dire.

Gli uomini si dirigono al grande scalone, portando le colonne e Ruby trotterella davanti a loro. Quando ci raggiunge, ci dice sottovoce. «Sono un vero furto! Le carteggerò e le finirò con una vernice che le farà apparire meno greche e più suite "fantasia reale".»

Non ho idea di che cosa significhi, ma è talmente entusiasta che gli occhi verdi scintillano e ha le guance rosate, tanto che non posso fare altro che concordare con lei. «Ottima scelta.»

«Grazie.» Si volta a guardare Maya e le dà una seconda occhiata, quasi comica. «Santa pupazza, ragazza! Quasi non ti riconoscevo con quel completo e i capelli sciolti. Sei sexy da morire!»

Maya si liscia i capelli, con le guance in fiamme. «Grazie signora.»

Ruby sorride. «Conosco dei tizi che inciamperebbero nella loro lingua solo cercando di chiederti di uscire con loro.» Si rivolge a me. «Giusto?»

«Sì, sta veramente bene. Vuoi dei vestiti nuovi anche tu?»

«Io? Oh, no. Ho poco tempo per finire la suite e devo darmi da fare.» Si affretta ad andare dagli uomini con le colonne per dare loro istruzioni. Sembrano confusi.

Vado da loro e chiedo in francese che portino le colonne sullo yacht dove l'equipaggio li aiuterà a caricarle a bordo. Poi chiamo l'equipaggio per avvisarli. Quando finisco di parlare, Ruby mi sta guardando come se fosse sul punto di saltarmi addosso e baciarmi fino a farmi perdere i sensi. Non c'è altra descrizione per la sua espressione adorante, piena di desiderio.

Si mette sulla punta dei piedi e mi sussurra all'orecchio. «Sei così sexy quando parli francese.»

Sorrido perché dare istruzioni non è sexy. Le sussurro all'orecchio, in francese, che mi piace la biblioteca. È la prima frase che mi è stata insegnata dal mio insegnante di francese.

I suoi occhi brillano mentre continua a guardarmi adorante, e mormora, senza fiato. «Oddio è sexy.»

E ora so qual è la chiave per sedurre Ruby. Provo una fitta di senso di colpa e distolgo gli occhi. Anna mi ha avvertito di tenere le mani lontane da Ruby e ha ragione. Non sto cercando niente di serio, Ruby non è un tipo da rapporti casuali, e prenderemo presto strade diverse. Questo significa che devo tornare in fretta a comportarmi da amico, a prescindere da quanta libidine brilli nei suoi occhi. O cresca nei miei pantaloni.

Mi obbligo a distogliere la mente dai soliti pensieri lussuriosi e a concentrarmi sul fatto che Anna mi ucciderebbe se mi dessi da fare con Ruby. Gabriel probabilmente si unirebbe alla mischia, prendendo le sue parti, come sempre. Non è il caso di far incazzare il re e la regina.

Ruby

Questa settimana è stata un turbine. Sono stata talmente concentrata a finire la suite prima che arrivi Anna che quasi non mi sono fermata per mangiare. Ho lavorato per un mucchio di ore, insieme a Maya e Phillip e sono fiera di come è venuta. Ora è domenica mattina e le ospiti arriveranno stasera. Anna dovrebbe arrivare da un momento all'altro.

Ispeziono un'ultima volta la suite padronale e poi mi fermo nelle stanze comunicanti. Il mio unico rimpianto è di non aver avuto il tempo di ordinare quello che sarebbe stato un fantastico tocco regale, finestre con i vetri colorati con lo stemma reale. Non sono necessarie, davvero, con il panorama dell'isola che si vede da qui, ma c'è qualcosa di speciale nella luce che passa attraverso una vetrata colorata. Forse potrei suggerire delle luci dietro vetri colorati come aggiunta per il futuro.

Ho già fatto le fotografie da aggiungere al mio portfolio, sia con il telefono sia con la macchina fotografica digitale. Oltre ai mobili antichi di mogano, ho installato dappertutto delle applique dorate che sembrano candele ma che ovviamente sono luci elettriche. L'orologio da tavolo antico e il telefono vintage presi in soffitta ora sono rispettivamente nella stanza di soggiorno padronale e nella camera. Le colonne greche sono state colorate con una vernice satinata che le fa brillare come se fossero d'oro pallido e sono state installate nella stanza da letto padronale. Ogni colonna è sormontata da un cherubino che ho trovato in un negozio di antiquariato a Nantes. Il color oro continua nei cuscini decorativi e nelle coperte sui letti e sui divani.

Il dipinto sul soffitto è riuscito in modo favoloso! Perfino meglio di quanto immaginassi. Il fiabesco panorama marino è rifinito con una cornice curva dorata. Clara ha veramente catturato il colore verdeazzurro del mare, ed è uno sfondo meraviglioso per le sirene e le ninfe, i delfini, pesci e uccelli marini. Il cielo stellato sopra le vasche in ognuno dei bagni è da sogno e i pannelli acustici aiutano a creare un ambiente intimo. Phillip si è occupato personalmente del restauro della mensola del camino. Mi ha sorpreso quando si è offerto di aiutarmi. Gli ho dato le istruzioni per rimuovere la vecchia vernice, carteggiare la mensola e verniciarla. Jeanne ha poi replicato attentamente lo stemma reale originale al centro della mensola e ha aggiunto una sottile linea d'oro in cima, lungo i bordi della corona.

Le stanze della suite trasmettono insieme eleganza e grande tradizione reale. Mi piacciono talmente che vorrei trasferirmi qui. Mi siedo davanti alla nuova mensola del camino nel soggiorno della suite padronale ad aspettare Anna. Non so quante donne siano state invitate per questa settimana, ma la suite, insieme alle stanze comunicanti, ha posto per otto, se alle donne non dispiace dividere un letto. Ogni stanza ha un letto king-size. Niente divani-letto. Forse è stato fatto apposta per limitare il numero degli ospiti. Il palazzo resta comunque una residenza privata.

«Ruby! Ahhh! Vieni qua!»

Mi volto al suono della voce di Anna e sembra più felice di quanto riesca a ricordare di averla mai vista. I suoi selvaggi riccioli scuri incorniciano un volto a forma di cuore, rosato per l'eccitazione, gli occhi castani scintillano e sta sorridendo radiosa. Indossa un abito aderente nero, con le maniche lunghe, che si ferma a metà coscia, e scarpe alte leopardate. È ancora l'Anna che conoscevo. Ha sempre avuto un debole per le stampe leopardate. Dice che il leopardo è il suo spirito animale.

Corro ad abbracciarla e lei mi stringe in un abbraccio mostruoso, schiacciandomi contro il suo petto. È più alta di me, come d'altronde la maggior parte della gente.

Si tira indietro e mi tiene per le spalle. «È così bello vederti! Mille grazie per essere venuta in mio soccorso!»

E questa è Anna! Questo è stato praticamente un atto di carità da parte sua. Aveva già una splendida suite ed è stata tanto generosa da offrirmi un lavoro per aggiungere il mio tocco personale. È un progetto prestigioso da aggiungere al mio portfolio. «Grazie a te per avermi dato questa opportunità, davvero. Ti sono debitrice, moltissimo. E mi dispiace di non essere potuta venire al tuo matrimonio. È capitato proprio nello stesso giorno della festa per il venticinquesimo anniversario di nozze dei miei genitori, che avevo organizzato io.» Sa che sono la loro unica figlia e quindi mi capisce. Anche se presto avrò una sorellina! Ancora solo quattro mesi alla sua nascita!

«Lo so. Mi sei mancata, ma va bene.»

«Sinceramente, anche se non fosse stato il loro anniversario, non avrei avuto i soldi per finanziare il viaggio fino a qui e sarei stata troppo imbarazzata a chiederti di offrirmelo. Prima di cominciare questo lavoro avevo proprio toccato il fondo. In bolletta, senza lavoro, vivevo con i miei genitori, cercando di riprendermi dal crepacuore per un uomo che mi aveva praticamente mentito per tutto l'anno in cui siamo stati insieme. Sposato con tre gemelli in arrivo: mi ha decisamente fatto sprofondare nella depressione.»

Anna scuote la testa. «Quell'uomo fa schifo. Ti meriti molto di più.»

«Grazie. Di nuovo, mi dispiace di essermi persa il tuo matrimonio...»

«Non dire altro, amica mia. Non c'è niente per cui essere dispiaciuta. Capisco che avevi altre priorità e ti assicuro che so che cosa significa trovarsi in un momento difficile e avere la sensazione che non ci sia una via d'uscita. Ora vediamo che cos'hai fatto qui.» Fa una lenta piroetta, guardando tutta la stanza di soggiorno.

Trattengo il fiato. Voglio che le piaccia. Ha fatto tanto per me, assegnandomi questo progetto.

«Oh, wow» mormora. «È esattamente ciò di cui avevo bisogno. Quel tocco scintillante in più. Adesso sì che sembra super regale.»

«Phillip mi ha aiutato a restaurare la mensola del camino. Era in soffitta.»

Anna mi guarda stupita. «Phillip sa come restaurare una mensola?»

«Gli ho insegnato io come fare. È stato veramente d'aiuto.»

«Davvero?» Lo dice trascinando la parola quasi come se fosse sospettosa.

Io annuisco.

«Mmm…» Alza gli occhi al soffitto e squittisce: «Ruby! È incredibile! Chi l'ha fatto?»

«Maya e io abbiamo rintracciato due artisti qui, sull'isola. Clara ha fatto il dipinto del mare e Jeanne i cieli stellati sopra le vasche idromassaggio. Quelli sopra le vasche sono dipinti su pannelli acustici che attutiscono l'eco e imitano un lucernario.»

«Oh mio Dio!» Corre nel bagno padronale. «Mi piace! Non ci avrei mai pensato.» Si volta verso di me. «Ruby, sei un genio! Non riesco a credere che tu non sia stata inondata di lavoro ora che sei una libera professionista.»

Io ondeggio sui talloni, divisa tra l'orgoglio per il mio lavoro e la vergogna per non essere riuscita a far decollare la mia attività. Una parte di me biasima il lungo periodo di depressione che mi ha impedito di dare il via al cruciale passaparola. «Il lancio iniziale è difficile. Ho fatto qualche piccolo lavoro. Spero che aggiungere questo progetto al mio portfolio mi dia una spinta.»

Anna gironzola nella camera padronale e passa le dita sui cuscini di seta color oro e la morbida coperta. «Sembra super regale con questi tocchi d'oro. E queste colonne! Le adoro!

Prende il telefono vintage dal tavolino. «Questo coso funziona?»

«È solo per decorazione. Credo debba essere ricablato.»

«Lo farò io oggi.» La immagino immediatamente con la sua cintura degli attrezzi. È figo che sia così pratica, ma so che ha dei doveri regali di cui occuparsi adesso.

«Non è necessario che funzioni. Forse gli ospiti preferiranno restare scollegati. Sai, come se vivessero temporaneamente in un periodo retrò, meno frenetico.»

«Giusto.» Va alla porta che comunica con la suite vicina, una versione in piccolo di quella padronale, controllando tutto.

La seguo in tutte le stanze, mentre lei sospira *aah* e *ooh*.

«Com'è andata la tua luna di miele?» le chiedo quando ha finalmente finito di proclamare la mia genialità. È veramente troppo generosa con i complimenti. D'altro canto, sarei veramente più che contenta se ogni cliente fosse così.

«Favolosa.» Si siede sul letto in una delle stanze da letto più piccole. «Ho imparato tantissimo.» Non è ciò che mi aspettavo che dicesse.

Mi siedo accanto a lei e sorrido. «Hai imparato tantissimo durante la luna di miele? Tuo marito deve essere veramente bravo.»

Scoppiamo a ridere insieme.

«Lui è meraviglioso, ovviamente» dice. «Ma ho anche imparato moltissimo sullo stile delle donne a Parigi, Milano e Barcellona.» Abbassa la voce con fare cospiratorio. «Una specie di viaggio di ricerca barra luna di miele. Non dirlo a Gabriel.»

«Come se potessi fare la spia al re.»

Lei ride. «Allora, hai già conosciuto tutti? Oscar, Lucas, Adrian ed Emma? Mi dicono che mia suocera non ha mai lasciato le sue stanze.»

«Adrian era assente, ma sì, ho conosciuto tutti gli altri. Phillip me li ha presentati man mano che si fermavano per vedere che cosa stava facendo qui. Sono stati tutti molto calorosi e gentili.»

Lei arriccia le labbra. «E Phillip come ti ha trattato?»

Arrossisco. «Bene.»

Lei annuisce una volta, con i riccioli che rimbalzano. «Bene. Gli ho detto di tenerlo nei pantaloni.»

«Anna!»

«Che c'è? È un donnaiolo, tu hai passato l'inferno con quel coglione del tuo ex, e non sei mai stata il tipo da una botta e via.» Mi stringe il braccio. «Inoltre stai cercando di far decollare la tua attività. Non hai bisogno di distrazioni proprio adesso.»

Mi cadono le braccia. «Vero.» Perché mi sento delusa? Ha ragione. Inoltre Phillip e io ci siamo baciati solo una volta. Abbiamo più che altro lavorato, dato che avevo una scadenza così ravvicinata per approntare la suite. Una piccola parte di me deve aver sperato in qualcosa di più. La chimica tra di noi è incredibile, esplodono scintille quando siamo vicini.

«Perché sembri così triste?» mi chiede. «Volevi una storia con Phillip?»

Raddrizzo le spalle. «No, ovviamente no.»

«È sexy.»

«Innegabilmente.»

«È anche un puttaniere.» Anna alza le spalle. «Gli voglio bene ma è così. Ti raccomando di tenerlo a distanza.»

«E Lana? È stato con lei per anni. Forse, in fondo sta solo sperando di trovare la donna giusta.»

Lei mi afferra per le spalle e mi volta verso di lei. «Ruby, ascoltami, *non* pensare di riuscire ad *aggiustarlo* o di essere, magicamente, quella che lo spinge a impegnarsi. So che può essere affascinante, ma non aprirti a qualcosa che potrà solo ferirti. Lo dico perché ti voglio bene.»

«Lo so.» Ingoio il mio disappunto. Immagino che mi abbia conquistato a poco a poco. «Non sarà un problema. Partiremo entrambi la settimana prossima. Lui per un tour di beneficenza, per un periodo veramente lungo. Potrebbe essere impegnato per un anno o più con il suo lavoro per l'ONU, e io tornerò a casa per riuscire a ottenere abbastanza lavoro da lasciare la casa dei miei genitori. E non solo perché voglio lanciare la mia attività: mia madre è incinta di cinque mesi e hanno bisogno della mia stanza.»

Anna si porta la mano alla bocca. «Oh mio Dio! Quanti anni ha?»

«Quarantatré. È il suo miracolo. Siamo tutti così eccitati.»

«Congratulazioni! So quanto hai sempre desiderato avere fratelli o sorelle.»

Annuisco. Non riesco a parlare, con il groppo che ho in gola. C'è tantissimo che voglio fare con la mia sorellina, tanto che voglio insegnarle e mostrarle.

Anna si picchietta sulle labbra rosse un'unghia scarlatta con dei brillantini incastonati. «Scommetto che le mie ospiti vorranno assumerti, quando vedranno cos'hai fatto con questa suite. Sono tutte donne di successo nel loro campo, proprietarie delle case in cui vivono. Inoltre, per te sono gente del posto, vivono nell'area di Tampa. Sedici donne con abbastanza soldi da spendere. Appena arriveranno ti presenterò come la mia decoratrice d'interni.»

L'afferro e l'abbraccio, travolta dall'eccitazione. «Sarebbe meraviglioso!»

Anna scoppia a ridere. «Io sono meravigliosa.»

La lascio andare, sorridendo tanto che mi fanno male le guance. Se a queste donne benestanti piacerà il mio lavoro, non solo potrei avere un meraviglioso inizio, ma riuscirei finalmente a ottenere il passaparola che mi serve per far decollare la mia carriera. Dimostrare che posso avere successo significherebbe moltissimo a questo punto della mia vita.

L'abbraccio di nuovo. «Grazie. Grazie. Grazie.»

«Questa è la Ruby felice che ricordo e, prego! Sinceramente, il tuo lavoro parla da sé.»

Mi guardo attorno con occhio critico, ma perfino io, la perfettina, sono contenta del risultato. Sedici potenziali nuove clienti, wow. Un momento! «Sedici ospiti. Anna, dove dormiranno? C'è posto solo per la metà.»

Lei fa una smorfia. «Lo so, originariamente erano otto, ma poi quando è trapelata la voce sull'asta degli scapoli reali, altre clienti mi hanno implorato di invitarle. Non potevo rifiutarglielo.»

Mi blocco. «Scusa? Asta degli scapoli?»

«Phillip non te ne ha parlato?»

«No.»

«È lui l'attrazione principale. Più i suoi fratelli più giovani. Dovresti fare un'offerta per Adrian. È l'unico di cui mi fido che non tenti di sedurti. È troppo gentiluomo.»

Arriccio il naso. «Prima di tutto, sono in bolletta. Secondo, bleah. Non ho intenzione di fare un'offerta per un uomo, come se fosse uno strano trofeo.» Poi capisco di colpo. Dev'essere il motivo per cui Phillip mi aveva detto che non sarebbe uscito con me, a nessun prezzo, quando sono arrivata a palazzo. Deve aver pensato che fossi una delle ospiti di Anna, impazienti di partecipare all'asta. Perché non me l'ha semplicemente spiegato? Avrei capito. Il poveretto deve aver pensato di essere obbligato a partecipare a quest'asta imbarazzante per Anna. Non mi meraviglia che sembrasse così agitato la prima volta che ci siamo incontrati.

Anna continua. «Non è come se fossero un trofeo. Vedi, è una raccolta di fondi per la prossima fase del mio piano, la day-spa. Voglio che si sentano coinvolte in modo che tornino e diffondano la voce di com'è fantastica. Le donne potranno fare offerte per vincere un appuntamento con un principe. Solo un appuntamento, sono stata molto chiara al proposito. Comunque, ci sono Phillip e i suoi fratelli nell'asta, ma è Phillip l'attrazione. È famoso, è il *royal hottie*. Le mie clienti sono impazzite, non vedono l'ora di sapere chi vincerà l'appuntamento con lui.»

Stringo le labbra, ignorando la fitta di gelosia che mi brucia in petto. Phillip non è mio.

«Ti dispiacerebbe fare tu la prima offerta?» mi chiede. «Il primo è Adrian. Cinquanta euro sono l'offerta di apertura.»

Tutte vogliono Phillip. È il principe playboy famoso in tutto il mondo. Devo ricordarlo, e non importa quanto sia sembrato alla mano e amichevole quest'ultima settimana. Lui appartiene al mondo delle donne ricche ed eleganti. E io non ne faccio parte. Inoltre, so benissimo che non è il caso di oltrepassare i limiti per avere un'avventura senza futuro. L'ultima cosa che voglio è andarmene da qui con il cuore spezzato. Già fatto, e ho le cicatrici che lo dimostrano.

Andrà a letto con una delle ricche clienti di Anna? Mi si stringe lo stomaco al pensiero.

«Ruby?»

Alzo di colpo la testa. «Sì?»

«Ti avevo perso per un momento. Ti dispiacerebbe essere tu a fare partire l'asta per Adrian? Cinquanta euro.»

«Certo.» Immagino che le sue clienti offriranno molto di più e in fretta, quindi i soldi non sono un problema.

«Perfetto. Ci sarà un cocktail un'ora prima e poi ci sarà da mangiare, da bere e un DJ per il grande evento, e poi si ballerà. Sarà un party spettacolare.»

Mi appiccico un sorriso sulla faccia. «Ci sarò.» Il party mi sta bene. Vedere le donne che sbavano su Phillip un po' meno. Detesto il fatto che mi infastidisca.

Anna si alza in piedi. «Sarà meglio che vada a controllare le stanze per gli ospiti al terzo piano. Le otto originali che avevo invitato avranno questa suite. Non volevo che decorassi le altre stanze perché stiamo veramente cercando di limitare il numero dei visitatori dopo questo evento. Ovviamente, avranno tutte i trattamenti di bellezza, manicure e capelli, fatti da me. Fa parte del pacchetto. Gabriel dice che non dovrei farlo, adesso che sono la regina, per via del protocollo reale, eccetera eccetera. Gli ho risposto che posso fare tutto quello che voglio nell'intimità della nostra casa.»

Mi alzo anch'io. «Mi sembra meraviglioso. Quand'è l'asta?»

«Domani sera. Oh, e ho preso i perizomi più carini per loro da indossare sotto...» Fa il gesto di afferrare le immaginarie gambe dei pantaloni, «...i pantaloni con il velcro.»

All'istante, immagino Phillip che fa lo spogliarello e le donne con gli artigli sfoderati che cercano di arrivare a lui. «Mio Dio.»

«Sto scherzando!» Mi dà una stretta al braccio. «Rilassati, sarà divertente!»

6

____

Phillip

«Guarda chi si è fatto vedere» dice Lucas. «Il signor Io-Sono-Superiore.»

«Chiudi il becco» sbotto, rivolto a mio fratello. Sono nel backstage per l'asta degli scapoli reali. Quindi, come ho fatto a finire qui, ed essere l'attrazione principale dell'asta che ero così deciso a evitare? Una parola: Ruby. E anche Anna. Okay, due parole.

«Ruby sarà all'asta» mi ha detto questa mattina a colazione Anna, quando le ho chiesto di impedire alle sue ospiti di continuare a perseguitarmi. Ieri sera una di loro mi ha strappato la tasca posteriore dei pantaloni per portarsi a casa un souvenir! Se le guardie non fossero state vicine, sono sicuro che la camicia avrebbe fatto la stessa fine!

«Mmm-hmm» Mantengo un'espressione impassibile mentre Anna mi guarda come un falco attraverso il tavolo. Siamo solo noi due nella saletta e stiamo facendo colazione più tardi del solito. Non so se Ruby ha riferito ad Anna che ci siamo baciati. Abbiamo fatto entrambi un lavoro ammirevole fingendo che non fosse mai successo. L'attrazione magnetica tra di noi è difficile da ignorare. Ho tenuto le mani a posto e lei ha fatto la sua parte, evitando di buttarsi tra le mie braccia. Nascondo un sorriso al ricordo del suo "farfallone".

«Ha intenzione di fare un'offerta per Adrian.» Anna si porta una mano al cuore. «È così tenero da parte sua cercare di aiutare la mia causa, anche se è in bolletta. Può solo permettersi l'offerta iniziale di cinquanta euro.»

Adrian? È arrivato solo questa mattina da Montecarlo. Ruby lo incontra una volta e spende i suoi ultimi euro su di lui mentre io ho patito schegge e vesciche per aiutarla tutta la settimana? Quella vecchia mensola e le colonne di truciolato non si sono sistemate da sole!

Anna beve un sorso di tè prima di sorridere dolcemente. «Apprezzo veramente moltissimo che tu partecipi all'asta. Non solo le mie clienti sono entusiaste del progetto, ma con i soldi che raccoglieremo spero di finanziare i rilievi e lo studio per la day-spa, e far fare qualche progetto architettonico, che, ovviamente, condividerò con le mie clienti. Poi passerò alla ricerca e sviluppo per la linea di prodotti di bellezza.»

Sono irritato che dia per scontato che parteciperò all'asta, dopo aver chiaramente rifiutato, e sono anche follemente geloso che Ruby voglia Adrian. Io non sono mai geloso. È stupido. So che Ruby non vincerà l'asta per lui, visto che è al verde. Eppure mi sembra necessario essere lì, per assicurarmi che non faccia qualcosa, *qualunque* cosa, con Adrian. Non è solo l'asta. Poi c'è il party con il DJ, le danze e un mucchio d'alcol. Riesco a vedere fin troppo chiaramente l'immagine: Ruby che balla con Adrian, Ruby che si strofina contro Adrian, Ruby ubriaca, che ride e lo segue al piano di sopra. No, lei non è così. Ma se è tentata da Adrian dopo averlo incontrato per la prima volta questa mattina, non so che cosa potrebbe succedere. Sicuramente si toccheranno.

Do un morso furioso al toast e mastico.

Anna continua a mangiare la sua omelette, senza apparentemente accorgersi della mia agitazione.

Alla fine la gelosia irrazionale vince e mi ritrovo a dire: «Okay, ci sarò, ma contribuirò come donatore anonimo per puntare su me stesso.»

Anna aggrotta le sopracciglia, confusa, con la forchetta a mezz'aria. «Avrai un appuntamento con te stesso?»

«Con una donna che sceglierò io.» Ruby. Lei non mi ha

mai visto come un oggetto, qualcuno di cui prendere un pezzo da portare a casa come souvenir. Non si vanterebbe mai di essere stata con il *royal hottie*, perché vede me, Phillip Rourke, l'uomo che lavora con le sue mani per restaurare una mensola per il camino, parla un francese sexy e contribuisce agli sforzi per fornire acqua pulita. «Se lo farò, dovrò averne il controllo.»

Anna appoggi la forchetta e sorride un po' tesa. «Avevi qualcuno in mente?»

«Lo deciderò quando sarà il momento. Non quella donna famelica che mi ha strappato i pantaloni, puoi esserne certa.» Riprendo a mangiare.

Lei piega la testa di lato, studiandomi. «Vanifica lo scopo dell'asta, se è truccata.»

«Non vedo perché. Le tue amiche possono comunque conoscermi, urlare quanto vogliono, qualunque cosa vogliano purché tengano le mani a posto. Semplicemente, non potranno stare da sole con me.»

«Una di loro sarà da sola con te, durante l'appuntamento.» Socchiude gli occhi. «È Ruby, vero? Mi ha detto che l'hai aiutata la scorsa settimana, lavorando per la suite "fantasia reale". Da quando ti sei dato al lavoro manuale?»

«Ho molti talenti.» Esagerato. Mi ha insegnato Ruby che cosa fare. «Ruby e io siamo amici. L'appuntamento sarebbe completamente platonico.»

«*Phillip.*»

Dubita delle mie intenzioni, probabilmente per un buon motivo, ma il bisogno di impedire un legame Ruby-Adrian prevale su tutto. Raddrizzo la schiena e dico con la mia voce più imperiosa. «Anna, così o niente.»

Ha ceduto. Le sue amiche hanno troppa voglia di vedermi far parte all'asta perché Anna possa deluderle. Ho ceduto anch'io, ma è alle mie condizioni e per un buon motivo.

Quindi eccomi qui, nel salone da ballo, dietro a una tenda di velluto rosso con i miei fratelli minori. C'è un piccolo palcoscenico e una passerella che porta al centro delle file di sedie dove siederanno le amiche pazzoidi di Anna. Io indosso uno dei miei completi da club: camicia nera button-down

aperta sul collo, pantaloni neri di pelle e stivali neri da moto-
ciclista.

Lucas mi da un colpetto col fianco. Mio fratello, più
giovane di me di un anno, mi assomiglia, con gli stessi capelli
castano scuro e gli occhi verdeazzurri, anche se la sua barba
nasconde le linee spigolose degli zigomi e della mandibola,
così simili alle mie. «Scommetto che otterrò più soldi io.»

Sbuffo. Qui il pezzo forte sono io.

«Io ci sto se vuoi scommettere» dice Oscar, raggiungen-
doci. «Scommetto che Lucas riceverà un'offerta più alta di
Phillip e io più di entrambi.» Ha tre anni meno di me, venti-
sei, e i colori sono gli stessi, ma per uno scherzo della gene-
tica, ha ereditata un miscuglio dei tratti dei nostri genitori che
lo rendono il più bello di tutti noi. Il suo volto ha una simme-
tria perfetta, come quello dei modelli e delle stelle del cinema.
Se non fosse così discreto, avrebbe lui l'etichetta di *royal hottie*.

«Io metto un centone su Phillip» dice Adrian, dandomi
uno schiaffo sulla spalla. Ora che ho neutralizzato ogni possibile rivendicazione su Ruby, posso godermi il suo sostegno. A
ventitré anni è il fratello minore, ha gli stessi nostri capelli
scuri, ma i suoi occhi sono nocciola come quelli di nostra
madre.

«Grazie» dico ad Adrian. È un giocatore di carte professionista, gli piace il poker quando le poste sono alte, ma è cauto
quando si tratta di scommesse. Deve veramente pensare che
sarò io quello che riceverà l'offerta più alta.

«Perché?» gli chiede Lucas.

Adrian alza le mani. «È il *royal hottie*. Le amiche di Anna
sono qui per lui, per la maggior parte.» Lucas mi dà un'occhiata di traverso. «Magari io metterò in piedi uno show
migliore.»

Oscar si accarezza il velo di barba. «Solo perché non siamo
un meme di Internet non significa che non possiamo batterlo.
Allora, quanto vuoi scommettere?»

Li ignoro mentre sussurrano e si stringono le mani,
mettendosi d'accordo sulle scommesse. So già che vincerò.
Punterò su me stesso, e le donne sono abbastanza pazze di
me che faranno sicuramente volare le offerte.

Si sentono risate di donne avvicinarsi alla stanza. Sedici donne affamate di uomini, e vogliono tutte un pezzo di me. Sento drizzarsi i peli sulla nuca mentre nella mente mi lampeggiano immagini terrificanti: io, disteso a terra, con le donne che mi strappano i vestiti e ciocche di capelli. Comincio ad avere un ripensamento. Più di uno.

«Eccole» dice Lucas fregandosi le mani. «Sarà uno spasso.»

Uno spasso? No. Una tortura piuttosto. E dopo l'asta, la tortura continuerà. Dato che ci sono solo quattro prìncipi all'asta, significa che ci saranno parecchie donne deluse, quindi Anna ci ha chiesto di passare un po' di tempo con loro, socializzando e ballando.

Anna si precipita verso di noi, aprendo al centro le tende di velluto che ci separano dal palcoscenico, permettendo alle donne di vederci. Impazziscono tutte, in una cacofonia di urletti e fischi. Controllo in fretta la folla, cercando Ruby, prima di tirarmi indietro, per non essere visto. Non la vedo. Lucas e Oscar indicano donne diverse, come se le stessero scegliendo personalmente. Adrian manda loro un bacio.

«*Royal hottie*, sei mio!» strilla la pazza che mi ha strappato la tasca dei pantaloni.

«È mio!» strilla un'altra.

«Ho già deciso il nome dei nostri figli!» grida qualcuno e le donne ridono e fischiano.

E se Ruby non si facesse vedere?

Anna guarda le sue ospiti voltando la testa. «Il bar è aperto, signore! Servitevi!»

«Evviva!»

«Si fa festa!»

«Sì! Questo posto è da sballo!»

Grande. Abbassiamo ancora un po' le loro inibizioni.

Anna chiude il sipario dietro di lei e dice sottovoce. «Sono già brille grazie al cocktail. Non volevo che si sentissero troppo intimidite, dovendo fare offerte per prìncipi che escono con delle modelle.»

I mei fratelli sogghignano. Io sono troppo occupato a trovare un modo per scappare.

Anna si getta dietro la spalla i riccioli scuri. Indossa un abito aderente, senza maniche, con scarpe nere con i tacchi a spillo. Molto più rivelatore di quanto indosserebbe normalmente una regina, ma suo marito, il re, lo permette perché è pazzo di lei. «Voi ragazzi come state? Vi sentite bene?»

«Alla grande!» le assicurano all'unisono i miei fratelli.

Anna si rivolge a me. «Non vedo l'ora di scoprire fin dove arriveranno le offerte per te. Le donne sono elettrizzate. Sarai l'ultimo, per far crescere la frenesia nell'attesa.»

Annuisco e cerco di incollarmi sul viso un'espressione piacevole, nonostante debba attingere a tutta la mia forza per riuscire ad arrivare alla fine di questa farsa. *Per favore, Ruby, fatti vedere.*

«Faremo salire le offerte alle stelle per te, Anna» dice Lucas.

Oscar si china verso di lei, parlando a bassa voce. «Abbiamo fatto una scommessa.»

«Phillip li straccerà tutti.»

«Mi piace il vostro modo di pensare!» esclama Anna, sorridendoci. Poi abbraccia a turno ciascuno di noi e ci bacia sulla guancia. «Vi voglio bene, ragazzi. Siete i fratelli maggiori che avrei sempre voluto avere, eccetto te, Adrian, visto che abbiamo la stessa età. Tu potresti essere il mio gemello, o parte di un trio, visto che hai già Silvia per gemella. Comunque, in bocca al lupo!»

I miei fratelli sorridono e annuiscono. Io cerco di non continuare a pensare di essere fatto a pezzi da una banda di donne fameliche.

«Gabriel sarà presente?» chiede Lucas, fingendo indifferenza, e so esattamente perché. Sta cercando di capire fino a che punto di stravaganza può arrivare per cercare di vincere la scommessa.

«Ovviamente!» esclama Anna. «Siamo una squadra. In questo momento è con vostra madre, le sta spiegando perché l'asta è un'ottima idea. Probabilmente avevo dimenticato di menzionarla.»

Ceeerto, aveva dimenticato. Proprio come aveva dimenticato di parlarmi dell'asta fino all'ultimo minuto. È subdola, questa donna, ma devo ammetterlo, molto efficace.

Si affretta ad uscire dal sipario e grida alle sue amiche: «Chi è pronto a far festa?»

Le donne fischiano e urlano entusiaste. La musica esplode dagli altoparlanti ai lati del palcoscenico, un ritmo di basso profondo e martellante. Oscar e Lucas cominciano a muoversi a tempo, inserendo qualche movimento pelvico. Adrian dà un'occhiata all'orrore dipinto sul mio viso e scoppia a ridere.

Mi viene in mente che forse Anna ha usato il nome di Ruby per attirarmi qui perché sa che siamo diventati amici. Potrebbe aver inventato la faccenda dell'offerta per Adrian. È riuscita a manipolarmi?

Diavolo, potrei davvero dover finire con una di quelle selvagge.

Ruby

Queste donne sono così divertenti! Mi sembra di essermi unita a una festa folle, perfino prima che l'alcol cominci a scorrere. Sono così contenta che Anna mi abbia invitato a restare per una settimana in più, per passare un po' di tempo con lei. Non solo abbiamo avuto il tempo di riavvicinarci e finalmente conoscere suo marito, ma ho potuto anche cono-scere le sue amiche. Anna mi ha voluto accanto a lei durante il tour della suite "fantasia reale" e ha cantato le mie lodi. Hanno chiesto tutte il mio numero di telefono e giurato che volevano che dessi un'occhiata alle loro case appena fossi tornata in America. Mi sono quasi messa a piangere. Sedici potenziali clienti in un colpo solo. Quella che sembrava una causa persa, ora, di colpo sembra una reale possibilità di carriera. E ho fatto tutto io, Ruby, un'imprenditrice che dà prova di sé. È magnifico, dopo essermi sentita una fallita. Avevo veramente toccato il fondo prima di questo viaggio, restando chiusa in casa a piangermi addosso, senza niente di bello all'orizzonte. Ora tutto sembra brillante, come se il sole fosse finalmente uscito dopo una lunga fila di giornate piovose. Sto perfino cominciato a sentirmi la vecchia energica Ruby.

In effetti ho cominciato a sentirmi la vecchia me stessa appena arrivata. Forse la scadenza ravvicinata mi ha costretto a concentrarmi sul lavoro e a liberare la mente da tutti quei pensieri neri del passato. Forse è Phillip. Nonostante la sua reputazione di donnaiolo, che, francamente, fa veramente passare la voglia, ho cominciato ad apprezzarlo. Mi accendo appena si avvicina. Chi sto cercando di prendere in giro? Ho preso una cotta per lui.

«Possiamo scambiarci di posto?» chiede Ashley, una donna con capelli biondo miele, chinandosi verso di me. Riesco a sentire l'alcol nel suo alito. È un avvocato specializzato in diritto d'impresa. Ho imparato a memoria tutti i particolari possibili sulle mie nuove potenziali clienti. «Voglio stare abbastanza vicina da poter allungare la mano e toccare qualcuno» dice ridacchiando.

La guardo a bocca aperta. «Uhm, non credo che sia previsto che li tocchiamo.»

Continua a ridere. «Potrebbero toccarmi loro. Potrei mostrare la merce.» Fa per alzare la blusa per dimostrarlo e metto una mano sopra la sua, bloccandola.

Penso a Phillip in mostra lassù e non riesco a frenare la mia indignazione. «È un'asta per un appuntamento, *e basta.*»

«Oh, diavolo, rilassati!» Si butta i capelli oltre la spalla, si alza e va dall'altra parte della passerella, sedendosi lì.

Accidenti, potrei averla già persa come potenziale cliente. Comunque la mia indignazione per conto di Phillip e dei suoi fratelli supera quella preoccupazione. Gli uomini sono qui per una raccolta fondi, e non dovrebbero doversi preoccupare di mani vaganti. So che a Phillip non piacerebbe. Lui si comporta sempre con una certa dignità principesca. Non so i suoi fratelli. Lucas e Oscar sono piuttosto provocanti. Ovviamente ci sono le guardie del corpo. Dodici in tutto, due per ognuno dei quattro principi, il re e la regina. Anna mi ha confidato che non avrebbero avuto veramente bisogno di tanta sicurezza per un evento chiuso, a palazzo, ma quando le guardie avevano saputo che cosa aveva organizzato, avevano *chiesto* di essere presenti. Puramente per divertirsi. *Uomini.*

Le donne prendono man mano posto. Ognuna ha un drink in mano. Io sono nell'ultima fila e sto ancora sorseggiando lo stesso bicchiere di Sauvignon Blanc che mi avevano servito durante il cocktail party. Ci vado piano, dato che non sopporto bene l'alcol. Ci sono anche dei servitori che circolano, offrendo da bere.

Le porte del salone si aprono e un servitore annuncia: «Re Gabriel e la regina Anna.»

Nella stanza cala il silenzio. Qualcosa sul fatto che vengano annunciati in quel modo mi colpisce, dandomi il senso dell'importanza del nuovo ruolo di Anna. L'avevo vista poco prima, ed era solo la mia amica Anna, di Tampa. Aveva lasciato il salone da ballo poco prima per andare a calmare le acque con sua suocera, molto più rigida di Anna e apparentemente non molto felice dell'asta.

Anna sorride a tutte e saluta agitando una mano. Gabriel resta immobile, impassibile, rigido e fiero. Indossa un abito grigio scuro, senza la cravatta. Immagino che per lui sia un abbigliamento casual. Mette una mano sulla schiena di Anna e l'accompagna al podio al centro del palcoscenico, da dove annuncerà l'asta. Anna si volta verso di lui, si mette in punta di piedi e gli dà un bacio veloce sulle labbra. Lui sta sorridendo quando prende posto in prima fila e sembra molto più caloroso di quando l'ho incontrato prima. Immagino che sia Anna ad avere quell'effetto su di lui.

Anna fa segno al DJ, al lato della stanza, di abbassare la musica e prende un microfono wireless. «Mi sentite bene?»

«Sì!» gridiamo tutte. Alcune delle donne fanno pure un fischio.

«Bene! Allora cominciamo!» Anna dà un segnale a un servitore, che abbassa le luci. «Il primo principe all'asta è Adrian Rourke. Un bell'applauso per questo bel bocconcino!»

Adrian esce dal sipario e alza una mano per salutarci. Indossa una camicia bianca button-down con jeans neri e sneakers nere alte.

Anna ci riferisce i suoi dati salienti mentre lui sfila sulla passerella. Riesco a sentire a malapena qualcosa di ciò che sta dicendo Anna perché le donne stanno urlando il suo nome.

«Un metro e ottanta abbondante di...»

«Ha una gemella, quindi capisce le donne...»

«Massimi voti all'università...»

«Gli piace giocare a poker, incluso lo strip poker...»

Le donne impazziscono! Il resto della biografia è coperto dalle grida e Anna alla fine rinuncia. Adrian ha un sorriso strafottente sul volto. Sembra perfettamente a suo agio con tutta quell'attenzione su di lui. Si volta, torna indietro verso il centro del palcoscenico e fa un cenno ad Anna.

«Cominciamo con le offerte?» chiede lei.

Adrian alza le braccia, incitandoci. Il rumore è assordante: urla, fischi, piedi pestati sul pavimento.

«Le offerte cominciano a cinquanta euro!» urla Anna per superare il rumore.

Io alzo la mano «Cinquanta!» Sarà la mia sola e unica offerta per quella sera. Ho accettato di essere la persona designata a far partire l'asta.

Anna mi sorride. «Abbiamo cinquanta euro!»

«Mille!» strilla qualcuno.

«Duemila!»

E continua così, arrivando sempre più in alto. Wow, sarà una raccolta fondi formidabile. E arriveremo anche all'ultimo principe, il *royal hottie*. Le donne avranno la bava alla bocca. Mi sento male al pensiero di Phillip impegnato in un appuntamento con una di queste donne. Non ho il diritto di essere possessiva nei suoi confronti, ma dopo averlo conosciuto durante la settimana appena trascorsa, ho visto lampi del suo lato più tenero. Non ha voglia di essere assalito da una donna aggressiva.

Le offerte rallentano intorno ai cinquemila euro e Anna si avvicina ad Adrian, incitando le donne. «Forza, signore! Questo è un principe che ha tutto: è intelligente, bello e balla divinamente!»

Il DJ fa partire una musica con un ritmo duro e sexy e Adrian e Anna cominciano a ballare insieme. È *sexy*. I due si muovono in modo sensuale, vicini, ma senza toccarsi, con

Adrian che la sovrasta, fissandola come se volesse divorarla. Gabriel sbraita qualcosa dal suo posto e Anna si volta, gli manda un bacio e poi urla: «Vai, Adrian!» riprendendo il suo posto dietro il podio.

Adrian balla da solo, alzando le braccia e ruotando i fianchi in modo suggestivo. Poi li muove in avanti, guardando a una a una le donne in prima fila, alzando lentamente l'orlo della camicia e mostrando i suoi addominali scolpiti. Maledizione, è stupendo. Devono avere un personal trainer che lavora a palazzo. Anche Phillip è altrettanto muscoloso.

La donna cui ha mostrato gli addominali salta fuori dalla sedia. «Seimila!»

Adrian lascia cadere la camicia e fa un'altra passeggiata lungo la passerella. Le offerte sono folli. Ashley, la palpeggiatrice, si avventa sul polpaccio di Adrian. Le guardie del corpo si precipitano in avanti, ma Adrian scuote la testa. Si accuccia davanti a lei, le prende la mano e ne bacia il dorso. Le sussurra qualcosa e lei sorride, rimettendosi seduta.

Poi offre diecimila euro.

È finita. Adrian è "venduto" per diecimila euro. Lui lancia un bacio e ci saluta tutte agitando la mano, si volta e torna dietro il sipario per uscire.

«Evviva!» urla Anna. «Facciamo un altro bell'applauso per Adrian!»

Tutte applaudono freneticamente mentre lui scompare nel backstage. I servitori si affrettano a rinfrescare i nostri drink. Avevano memorizzato ciò che avevamo ordinato prima e riportano lo stesso. Io non ho toccato il mio bicchiere di vino e rifiuto quello nuovo. Anche se è roba buona. Molto generosi!

Anna alza una mano per ottenere silenzio e poi annuncia il prossimo principe. «Il prossimo è Oscar, e qualcuno dice che l'etichetta di *royal hottie* sarebbe dovuta spettare a lui. Ditemi se siete d'accordo.»

Oscar spalanca il sipario e allarga le braccia. Ha una camicia button-down blu scura, pantaloni eleganti grigi e scarpe di cuoio. Elegante, di stile e sofisticato.

«Salve, signore!» grida. «Chi di voi si sente fortunata stasera?»

Magari non poi tanto sofisticato. Ma la battuta sexy comunque funziona. Le donne impazziscono. Sono tutte in piedi, con le mani alzate.

«Io… io!»

«Voglio sentirmi fortunata!»

«Sei sexy!»

Lui punta lo sguardo intenso e sexy sulle varie donne, tenendo la mano sul cuore come se il complimento lo colpisse profondamente. Oh, è in gamba, interagisce con il pubblico.

Oscar sorride e le donne, quasi all'unisono, emettono un lieve sospiro. Ha gli occhi che scintillano mentre le guarda. «Vi voglio bene, signore! Siete fantastiche, dalla prima all'ultima, e siete qui per un'ottima causa!» Rivolge loro un sorriso malizioso e comincia a slacciare la camicia.

Urla e fischi mi assordano mentre Oscar continua a slacciare i bottoni. Poi viene avanti sulla passerella, con la camicia completamente slacciata, che gioca a vedo-non-vedo con pettorali e addominali scolpiti.

La folla impazzisce! Mi fischiano le orecchie per le urla acute.

Anna sbraita sopra il rumore. «Cominciamo le offerte! Ho sentito mille?»

Ah già. Le offerte salgono in fretta, mille, tremila, cinquemila, settemila.

Oscar si dà da fare, alzando le braccia e facendo qualche mossa con i fianchi, sexy da morire mentre fissa negli occhi la donna che ha appena fatto l'offerta più alta. Le donne sono fuori di sé. Sa come lavorare una folla, questo è certo. Non riesco a distogliere gli occhi dallo spettacolino sexy, allo stesso tempo esagerato e affascinante. Ci sta invitando ad unirci al divertimento.

Le offerte arrivano a dodicimila euro. Porca miseria! Queste donne sanno che si tratta di euro? Sono un bel po' più di dodicimila dollari. Forse per loro i soldi non sono un problema. Anna mi aveva detto che sono tutte donne di successo.

Circola un altro giro di drink, le donne chiacchierano contente e ridono. Non riesco a godermi veramente il divertimento, pensando che presto toccherà a Phillip essere sul palco con le donne che gli sbavano dietro, e che una di loro vincerà un appuntamento con lui. La gelosia è una brutta cosa. Vorrei essere superiore.

Tocca a Lucas, con la sua barba sexy. Per non essere da meno dei suoi fratelli minori, Lucas appare sul palco con un blazer sopra la camicia elegante. Lo toglie in fretta, facendolo roteare sopra la testa e lo getta alla folla.

Una donna balza in piedi e lo afferra. «Cinquemila!» strilla, con il blazer stretto tra le mani.

Wow. Anna non ha nemmeno ancora cominciato.

Lucas indica di far proseguire le offerte, poi fa mostra di slacciare la camicia, cominciando lentamente a sbottonare il primo bottone. Si ferma, si china verso la folla e mormora: «Devo continuare?»

«Sì!»

«Togliti tutto!»

«Spogliati, spogliati, spogliati!»

Anna interviene: «Ho sentito seimila?»

«Seimila!» dice una immediatamente.

Lucas slaccia lentamente il bottone successivo mentre le offerte salgono. Poi percorre la passerella, fermandosi un paio di volte per stringere le mani delle donne che tentano di afferrarlo. Siamo tutte in piedi. Anch'io, ma solo perché altrimenti non vedrei niente, data la mia piccola statura. Okay, è follemente sexy. È la barba? La sicurezza di sé? A chi importa?

«Restano solo due prìncipi che hanno bisogno di un appuntamento» dice Anna. «Chi sarà la donna fortunata?»

Lucas torna al centro del palcoscenico, mette le mani sul bottone della camicia parzialmente aperta e si ferma. «Devo continuare?»

«Sì!» strillano le donne.

«Sentiamo dodicimila» dice con un sorriso.

«Dodicimila! Sì!» urla una delle donne.

Lucas si apre di colpo la camicia, facendo volare i bottoni. Muscoli scolpiti e abbronzati dal petto agli addominali. Wow!

Le offerte salgono immediatamente, sempre più su. Sempre più in fretta, toccando livelli folli.

Lui si chiude la camicia, e poi mostra un pettorale. Una delle donne urla come se fosse una teenager a un concerto rock. Le donne sono impazzite per lui e urlano le offerte e il suo nome.

Lui fa segno di continuare con le offerte e, alla seguente, mostra gli addominali.

Chiude la camicia e ci lancia un bacio. Poi mette la mano sulla fibbia della cintura. La folla trattiene collettivamente il fiato prima che ricominci una serie di offerte. Le ha addestrate a fare un'offerta per poter dare un'occhiata. Non lo farà veramente però, vero? Non riesco a distogliere gli occhi.

Qualcuno urla: «Ventimila!» E poi quella pazza corre verso il palcoscenico per reclamare il suo premio.

Il branco di donne le è alle calcagna, urlano altre offerte mentre le guardie del corpo si avvicinano a Lucas.

E lui resta lì, sorridendo.

7

Phillip

C'è un breve intervallo dopo la sommossa creata da quell'esibizionista di mio fratello. Lucas è stato immediatamente portato nel backstage mentre le sedici donne brille e arrapate vengono scortate ai loro posti. Ruby era rimasta al suo posto, senza partecipare alla mischia. È qui, grazie a Dio. Anche Gabriel si è precipitato nel backstage, come avevo previsto. Non sopporta gli stupidi e Lucas ha esagerato. Anna ha riportato le donne in fondo al salone, a un lungo tavolo dove le aspettano gli hors d'oeuvre. Sta parlando con loro ad alta voce, ma non riesco a capire le parole. Spero che stia dicendo loro che non metterò piede sul palcoscenico se non si comportano bene.

Lucas non si pente mentre Gabriel gliele canta. Non è la stessa cosa come se lo stesse facendo nostro padre. Gabriel resta il fratello maggiore, che lo ha protetto dalle verità più crude per tutta la sua vita. In ogni caso, so che Lucas l'ha fatto per vincere la scommessa e se non supererò i ventimila euro, vincerà la posta in palio. I miei fratelli non hanno nemmeno scommesso grosse somme, solo qualche centinaio di euro. È il principio che conta. La rivalità tra fratelli esiste da sempre nella famiglia Rourke, almeno tra i maschi. Le mie sorelle sono più corrette, dato che nostra madre le ha tenute saldamente sotto controllo. Mio padre ha viziato noi ragazzi (eccetto Gabriel, l'erede) perché si vedeva in noi, essendo anche lui un fratello minore. Ma quando mia madre puntava i piedi, esasperata dalle nostre buffonate, mio padre interveniva e i suoi diktat severi sembravano ancora più duri dopo tanta indulgenza. Quando nostro padre faceva sul serio, tutti noi ci davamo in fretta una regolata.

Dubito che riuscirò a superare l'offerta per Lucas. Non ho intenzione di fare uno strip-tease. Qualunque sia l'offerta maggiore, darò ad Anna il segnale di incrementarla di una piccola somma in modo che possa vincermi Ruby.

Gabriel si precipita giù dal palcoscenico, borbottando sulla "mentalità da branco".

Il volume aumenta quando le donne si mettono nuovamente comode ed esplode la musica del DJ, probabilmente per tenere alto il livello di energia.

Adrian appare al mio fianco. «Magari mostra un po' di pelle.» Spera ancora di vincere la posta in palio e ha scommesso su di me.

«I principi non si spogliano per divertire la gente.»

Adrian mi indica. «Sei già l'oggetto di intrattenimento come *royal hottie*. Dà loro qualcosa per farle impazzire dalla voglia di comprarti.»

Sto cominciando a odiare il titolo di *royal hottie*. Sono più di quello. «Non sono in vendita a nessun prezzo.»

Lui alza un angolo della bocca. «Oggi sì. È per una buona causa, giusto? Quindi datti da fare. Ho fiducia in te.»

«Hai scommesso su di me. È un po' diverso.»

«Questione di semantica.»

«Fifone» dice Lucas.

«Lascia che perda» dice Oscar.

«Potresti almeno fare qualche mossa con i fianchi?» dice Adrian. «So che potresti vincere se tentassi.»

Il mio fratellino che mi invita a fare spinte pelviche. Bizzarro. «No.»

Anna appare nel backstage. «Okay, ragazzi. Gabriel non è contento.» Fa un respiro profondo. «A dir poco. Lucas, non riesco a credere che stessi per toglierti i pantaloni.»

Lucas è pragmatico. «Volevo che si eccitassero e offrissero tanto. E non li ho tolti. L'ho solo lasciato intendere. Ha funzionato, no?»

Anna gesticola. «Vi avevo detto ieri di mantenere un certo decoro! Se avessi voluto vedere chiappe in mostra vi avrei fornito dei perizomi!»

I miei fratelli ridacchiano.

«Non c'erano chiappe in mostra» dice solennemente Lucas.

I miei fratelli ridono forte.

Anna non è contenta. Ci guarda storto. «Gabriel ha minacciato di chiudere tutto e buttar fuori a calci le mie ospiti se non riesco a tenerle sotto controllo. Phillip deve ancora andare in scena e sapete che, con la sua reputazione, è lui il pezzo forte. Abbiamo bisogno che faccia la sua parte.»

«Non preoccuparti» le dico. «Gabriel sa che non farò niente di indecoroso. Stava solo facendo sbollire la rabbia.»

I miei fratelli concordano.

Anna si liscia i capelli. «Immagino che tu abbia ragione. Solo, non l'ho mai visto così furioso. Ho dovuto calmarlo prima che andasse a urlare contro le nostre ospiti.»

Non conosce ancora bene Gabriel, si sono appena sposati e non ha ancora capito fino in fondo le sue tendenze guerriere. «Sai che hai sposato un reperto storico, vero?» le chiedo.

Lei alza le sopracciglia, stupita. «Un reperto storico? Ha solo trent'anni.»

«Gabriel è una regressione atavica ai nostri antenati vichinghi. Avrebbe dovuto essere un re guerriero. Chiediglielo, lo ha sempre detto. Devi capire che è quello che è, in fondo, e tutto il resto, il protocollo e i costumi regali sono qualcosa cui obbedisce solo per forza di volontà.» Una volta pensavo che fare il proprio dovere fosse facile per lui, finché non mi ha chiarito che cosa avrebbe significato per me se avessi preso il suo posto come re (nel caso in cui avesse abdicato per sposare la borghese Anna). I miei genitori si erano arresi e gli avevano permesso di sposarla perché Gabriel era stato educato fin dall'inizio per diventare re (nessuno di noi era altrettanto preparato), e capivano che

cosa fosse l'amore, essendosi amati profondamente
anche loro.

Anna sembra pensierosa. «Sai, in effetti chiarisce parecchie
cose. Un re guerriero.» Si alza sulla punta dei piedi e mi dà un
bacio sulla guancia. «Grazie, Phillip, stendile! Fai quello che
vuoi. Mi fido di te.»

Chino la testa. «Ed è giusto. Potresti istruire le guardie del
corpo di restare più vicino alla passerella?»

«Assolutamente.» Ed esce passando dal sipario.

«Hai veramente paura di un gruppetto di donne?» mi
chiede Oscar.

«Sono innocue» mi assicura Adrian. «Vogliono solo conoscerci. Per loro siamo una novità.»

Incrocio le braccia. «Non ho paura. Preferisco semplicemente non essere aggredito. Una di loro mi ha strappato la
tasca dei pantaloni, per avere un souvenir. Non mi meravi-
glierei se mi strappassero la camicia o una ciocca di capelli.»

«E i suoi capelli sono così belli» mi prende in giro Lucas,
arruffandomeli.

Gli schiaffeggio via la mano. «Fottiti. Se non fosse per le
tue buffonate, non ci troveremmo a dover temere un
tumulto.»

«Oh, per favore. Sono sedici donne.»

«Diciassette. C'è anche Ruby.»

Luca sogghigna. «Ah ah. Adesso capisco.» Si rivolge a
Oscar e ad Adrian. «Avete sentito come ha pronunciato il
suo nome?»

Adrian si avvicina. «Pensi che abbia i fondi per vincere
l'asta?» È ancora concentrato sul tentativo di vincere la
scommessa.

Alzo una spalla, non voglio che scoprano qual è la mia
parte nel farla vincere. «Forse.»

Adrian se ne va di colpo. Adesso dove sta andando? Non
ha intenzione di andare a parlare con Ruby, vero, per convin-
cerla? Tutta la faccenda è iniziata perché volevo tenerlo
lontano da lei.

Si sente la voce di Anna al microfono. «Tutte ai vostri
posti! Siamo quasi pronti per il *royal hottie…*»

La sua voce è coperta da urla acute e dal rumore dei tacchi alti delle donne che si affrettano a tornare ai loro posti. Alla faccia di tentare di calmarle; invece sembra che il breve intervallo abbia fatto crescere l'attesa. La musica scende di volume, di nuovo un ritmo basso e profondo. Io comincio a sudare e mi passo una mano tra i capelli. Sembra proprio una recita e non sono mai stato un buon attore. A faccia a faccia, o con gli amici a un party o in un club, okay. Su un palcoscenico, anche di fronte a un pubblico ridotto, non tanto.

Adocchio l'uscita, tendo i muscoli delle gambe, pronto a scappare.

No, è per una buona causa. Per Anna. Per Villroy. Per la mia folle gelosia.

«Lo facciamo uscire?» grida Anna.

«Sì!» urlano le donne.

Risucchio il fiato, cercando di calmarmi facendo respiri profondi.

Anna abbassa la voce. «Facciamogli sentire quanto vogliamo vederlo. *Royal hottie, royal hottie…*»

Le donne riprendono la cantilena. La sentirò per sempre nei miei incubi. Diventano sempre più rumorose.

Mi asciugo il sudore dalla fronte con la manica della camicia.

Anna deve urlare con tutto il fiato che ha in gola per farsi sentire sopra la cantilena. «Eccolo, l'unico, il solo, l'uomo del giorno, il *royal hottie!*»

Io non riesco a muovermi.

Qualcuno mi dà uno spintone. Mi volto e do una spinta a Lucas. Interviene Oscar ed entrambi mi spingono in avanti. Li spingo indietro con tutta la mia forza e per un momento c'è un breve incontro di lotta, due contro uno. Sono abbastanza furioso da costringerli a lottare. Mi lasciano andare di colpo e la stanza piomba nel silenzio. *Uh-oh.*

Mi guardo alle spalle. Il sipario è completamente aperto e tutti hanno visto il nostro breve match.

«Vieni fuori, Phillip» dice Anna. «Non mordiamo.»

Le donne ridono.

Vado avanti con le gambe legnose e il sipario si chiude alle mie spalle. Sono sicuro di emanare più rabbia che disponibilità sexy, ma non posso farne a meno. Non apprezzo che i miei fratelli minori cerchino di comandarmi. Non mi interessa che non siano più tanto piccoli. Sono più vecchio di loro e merito rispetto.

Anna segnala di abbassare la musica. «Ora, signore, prima che comincino le offerte, voglio farvi sapere quale onore sia per noi avere qui Phillip. Non era proprio convinto della mia idea, ma sono riuscita a fargli abbracciare il lato oscuro.»

Le donne gridano e fischiano.

Anna mi sorride. Io non riesco nemmeno a fingere un sorriso mentre sono lì sul palco, davanti a un branco di donne eccitate e turbolente. Lei torna a rivolgersi al pubblico. «Phillip ha tutte le qualità. Ama le donne…»

«Ti amiamo, Phillip!»

«Ti amo!»

«Amami!»

Anna continua. «Phillip è anche molto coinvolto negli sforzi per fornire acqua pulita alle comunità più povere. Non solo facendo da testimonial, ma anche sul campo, andando nei villaggi, incontrando i capi tribali, passando del tempo con la loro gente, aiutando a facilitare le cose. È generoso, fa del bene solo per farlo. Quindi definiamolo per ciò che è veramente: un principe tra gli uomini, il vero principe dei vostri sogni.»

Accipicchia.

E poi una voce urla «Sì!»

Mi concentro su Ruby seduta accanto alla passerella, in ultima fila. Si è chinata verso il corridoio e riesco a vedere la sua bella faccia. «Grazie, Ruby!»

Lei sorride e mi mostra i pollici alzati.

Anna mi fa segno di andare sulla passerella. «Ho sentito cinquanta?» Wow, è un'offerta veramente bassa, dopo le folli offerte per Lucas. Forse pensa che il pubblico non sia interessato al vero me. Sono un principe da sogno. Ed è molto meglio del titolo che mi era stato dato in precedenza, che mi riduceva a un mero oggetto.

Ruby alza la mano. «Cento.» Ha fatto un'offerta per me.

Sento il petto espandersi per l'orgoglio. È più di quanto ha offerto per Adrian, anche se è al verde. Vuole me.

«Che ne dite di duecento?» chiede Anna.

Ho occhi solo per Ruby, mentre cammino lungo la passerella, con la camicia allacciata, pantaloni di pelle e stivali. Eccovi il principe da sogno completamente vestito. È decisamente più facile fare quella passeggiata concentrandomi su una familiare testa di capelli biondi che sfiorano le spalle del maglioncino rosa shocking con il collo a V. Ruby ha gli occhi che brillano, il volto illuminato da un sorriso solo per me. Mi rendo a malapena conto delle donne che gridano numeri intorno a me. Migliaia di euro.

Finalmente arrivo da lei e mi accuccio. «Grazie per la tua generosa offerta.»

Lei arrossisce. «Uh, certo. Temo di aver finito i fondi.»

Mi chino verso di lei e sussurro. «È il pensiero che conta.»

Ci sorridiamo e il calore si diffonde dentro di me, calmandomi i nervi.

Mi raddrizzo e allargo le braccia verso le mie fan adoranti. «Signore, siete stupende! Che causa fantastica. Che cosa possiamo fare per aiutare Anna con il suo bel lavoro?»

Anna si inserisce immediatamente. «Ho sentito diecimila?»

Mi volto e torno indietro sulla passerella, lieto di essere quasi alla fine. Colgo lo sguardo di Anna e incrocio le dita di fianco. Lei capisce il messaggio e alza il cellulare. «Ho un'offerta anonima. Sono undicimila.»

«Undicimila e cento» contrattacca una donna con i capelli neri e lisci.

Tengo le dita incrociate, che significa che deve continuare.

«Undicimila duecento dall'anonima» dice Anna.

«Dodicimila» ribatte la donna.

E così continua, arrivando sorprendentemente a una cifra altissima. Mantengo il segnale, anche quando i numeri arrivano a livelli da far tremare i polsi.

«Cinquantamila» dice Anna.

Silenzio.

«Cinquantamila e Phillip è andato all'offerente anonima!»

esclama Anna. «Evviva. Buon lavoro, signore. E grazie tante, Phillip.»

Chino la testa. Ho appena donato cinquantamila euro dei miei fondi personali alla causa, ma volete saperlo? Mi sta bene. È un investimento per Villroy. In effetti, donerò anche più di così. E ho avuto ciò che volevo: Ruby.

«Okay, ragazze, adesso toglieremo le sedie e si balla!» urla Anna.

La musica ricomincia, si spengono i riflettori sul palcoscenico e io vado nel backstage. È vuoto, i miei fratelli sono già andati a mescolarsi con le ospiti. Vado nel salone e faccio la mia parte, con le guardie che mi affiancano. Mi guardo attorno, cercando Ruby ed eccola, che viene verso di me.

«Ci sei riuscito senza causare una sommossa» dice sorridendomi. «Bel lavoro.»

Ridacchio. «Grazie.»

Lei torna seria. «Allora, uh, sai chi ha vinto l'appuntamento con te?»

Le rivolgo un lento sorriso segreto. «Anonima.»

«Non lo sai?»

Mi chino verso il suo orecchio. «Ho fatto io l'offerta tramite Anna. Mi hai vinto tu.» Mi tiro indietro per valutare la sua reazione. Sembra stordita, i suoi occhi verdi sono spalancati, la bocca aperta. Mi innervosisco. Merda. Forse non vuole uscire con me.

Sto per dichiarare che sarebbe completamente platonico, niente pressioni, quando esclama: «Phillip, hai offerto cinquantamila euro! Doveva essere una raccolta fondi, soldi provenienti da fonti esterni.»

Sospiro, rilassandomi di nuovo. Era solo preoccupata per i soldi. «Villroy è casa mia. Ovvio che voglia contribuire.»

Lei si strofina il collo e mi dà un'occhiata di sottecchi. «Devi proprio aver avuto voglia di uscire con me. Bastava chiedermelo, sai.»

Abbasso la voce. «Stavo anche cercando di evitare l'orda famelica. Queste donne sono pazze, selvagge.» E dovevo tenerla lontana da Adrian, aggiungo in silenzio. So che non l'ha spinta a offrire di più. Si è fermata a cento. Che cosa stava facendo?

Ruby comincia a ridere. «Sono divertenti. Penso che Anna le abbia fatte bere un po' troppo prima di dar loro da mangiare. Wow!» Gesticola allargando le braccia. «Via, fuori dalla finestra tutte le inibizioni!»

«A dir poco.»

Qualcuno mi dà un colpetto sulla spalla. È Adrian, sorridente. Sapevo che doveva essere qualcuno della famiglia, altrimenti le guardie non avrebbero permesso che mi toccasse. Non avevo le guardie con me quando mani fameliche mi avevano strappato la tasca dei pantaloni e probabilmente avrei dovuto accertarmi che ci fossero.

«Li hai battuti tutti!» dichiara felice. Ha vinto la posta. Non c'è niente che lo entusiasmi più di una scommessa vinta.

Lo guardo a occhi socchiusi. «Dov'eri andato? Stavi in qualche modo facendo alzare le offerte?»

Lui ammicca. «Chi, io?»

«Adrian!»

«Rilassati, è tutto per una buona causa.» Probabilmente ha incentivato la donna con i capelli neri.

Gli do uno spintone. «Dovresti partecipare anche tu.»

«Lo farò. Abbiamo intenzione di farlo tutti.» Guarda Ruby e poi me. «Phillip, vecchia volpe, sei tu l'offerente anonimo, vero?»

Sento il calore salirmi verso il collo. Una cosa è che lo sappia Ruby, tutt'altra cosa che lo sappiano i miei fratelli. Mi prenderebbero in giro in eterno. «Era anonimo.»

Lui sorride. «Phillip, Phillip, Phillip, non avevo idea che fossi così romantico.» guarda Ruby. «Tu che ne dici? Vale cinquantamila euro per un pidocchioso appuntamento?»

«Pidocchioso!» protesto.

Ruby sorride maliziosa. «C'è solo un modo per scoprirlo.» Poi mi abbraccia passandomi le braccia intorno alla vita. Io le metto un braccio sulle spalle e la tiro vicina.

Adrian scuote la testa. «Immagino che sia ormai una tradizione che i Rourke si innamorino delle americane. Prima nostro zio che ha abdicato per un'americana, poi Gabriel che ha minacciato di fare lo stesso. Che cos'avete voi americane?»

Ora il calore è salito dal collo fino alla cima delle orecchie e ho il cuore che sta pompando furiosamente. Non posso negare che Ruby mi piaccia, nonostante abbia cercato di mantenere le distanze. Adrian l'ha solo sbandierato ai quattro venti.

Ruby non fa una piega. «Immagino che noi americane siamo semplicemente meravigliose.»

Adrian ride. «È vero.» Va verso il bar ed è immediatamente circondato da donne che non vedono l'ora di avvicinarsi a lui.

«Immagino che dovremmo unirci alla festa. Resta accanto a me» dico a Ruby.

«Oh, mi sento come una delle tue guardie del corpo, solo che io sono la dura, tipo: *non toccatelo, signore, è mio.*» Poi ride. «Dopo tutto ti ho vinto io.»

Non posso fare a meno di sorridere. Forse è un bene che Adrian l'abbia messo in chiaro. Forse la pensiamo allo stesso modo. «Esattamente il tipo di dura di cui ho bisogno.» Le prendo la mano, intrecciando le dita con le sue e andiamo verso il bar.

Le donne formano immediatamente una folla intorno a me. «Dove andrai per il tuo appuntamento?» chiede la donna con i capelli neri che aveva fatto l'offerta per me.

«Parigi» dico.

Ruby squittisce.

«Accidenti, avrei dovuto offrire di più» dice la donna con i capelli neri. «Adrian mi ha dato solo venticinque bigliettoni.»

Porca miseria. Significa che era pronta a metterci venticinquemila euro dei suoi fondi personali. Il totale è più del doppio di quello di Lucas e tutto ciò che ho dovuto fare è stato fare una passeggiata completamente vestito. Io sono *l'uomo.*

«È mio adesso» dice Ruby, avvolgendomi un braccio intorno alla vita e appoggiandosi al mio fianco. «Ero io l'offerente anonima.»

«Perché sei rimasta anonima?» chiede la donna. «Eri lì.»

Ruby mi guarda.

«È timida.» Non riesco a pensare a niente di meglio. Probabilmente avrei dovuto dire a Ruby di non rivelare che mi aveva vinto lei, anche se sarebbe stato difficile evitare di parlare del mistero dell'offerente anonima durante le conversazioni.

«In effetti» dice Ruby, «La verità è che ero un po' imbarazzata per la gigantesca cotta che ho per lui.»

Volto di colpo la testa verso di lei, ma lei continua a fissare le donne curiose.

Lei continua. «Abbiamo parlato qualche minuto fa e lui è stato così magnanimo che non mi sento più imbarazzata. Cioè, lo seguo online da anni…»

«Anch'io!» esclama la donna.

Altre si avvicinano per condividere il loro mutuo stalking.

«È il mio screensaver» dice una delle donne. «Sapete quella foto di lui sulla spiaggia a St. Bart?»

Rabbrividisco interiormente. Le donne continuano come se non fossi nemmeno lì.

«Quale? Bermuda rossi? Neri?»

«Neri. Bagnati e aderenti.»

«Mmm-hmm, beeello.»

«Oh, sì, era magnifica.»

«Si poteva vedere la sagoma…»

Ridacchiano tutte e fissano il mio inguine. Tiro Ruby davanti a me e le avvolgo le braccia intorno alla vita. Lei appoggia la testa sul mio braccio e mi stringe.

«Che ne pensate di Lucas, signore?» chiede Ruby, cambiando argomento. «Pensate che si sarebbe tolto qualcosa di più se avessimo mantenuto le distanze?» È sveglia, ha finto di aver fatto parte del tumulto per farle parlare, mentre in effetti era rimasta seduta per tutto il tempo.

Le donne s'inseriscono, dando le loro opinioni sulla possibilità che si spogliasse e che cosa avrebbe potuto rivelare. La conversazione è molto più spinta di quando parlavano di me.

Mi chino e do un bacio a Ruby sulla guancia che si curva in un sorriso sotto le mie labbra. È perfetta tra le mie braccia e sono più a mio agio di quanto pensassi in poter essere in questa situazione bizzarra. Avrei dovuto vedere i segni: la chimica, il mio bisogno di starle vicino, la mia poco caratteristica gelosia. Mi sto innamorando di lei anche se è un vicolo cieco. Sembra non riesca a fermare la lenta discesa verso lo schianto. Ruby è irresistibile.

8

Ruby

Sono su di giri, eccitata, rossa in volto, completamente sconcertata da ciò che è successo. Innanzi tutto, che Phillip mi volesse abbastanza da offrire una cifra da capogiro per uscire con me. E poi perché Adrian ha rivelato che Phillip si sta innamorando di me, e Phillip sembra essere d'accordo. Sono i sentimenti che provo anch'io, affetto e calore, profondi... no, è peggio di così. Siamo al bar da un'ora, ci stiamo mescolando alle donne e ai suoi fratelli e ogni volta che Phillip mi guarda e mi sorride, nel mio stomaco prendono il volo mille farfalle. C'è uno svolazzamento lì e altra roba divertente più in basso. Dio, quanto lo desidero.

Anna mi afferra la mano e mi tira con lei. «Questa è la mia canzone. Sulla pista, signore. E anche voi, ragazzi!»

Rido e mi unisco a lei. È _I can't stop the feeling_, di Justin Timberlake. Proprio il suo tipo di canzone allegra e divertente. Si uniscono tutti a noi, eccetto le guardie e Gabriel. Phillip si mette al mio fianco, è un bravo ballerino. Ho visto parecchie foto sue mentre balla nei club. Mi metto di fronte a lui e lui balla vicino, con le mani che si muovono per aria intorno al mio corpo. È elettrizzante, il calore che ribolle tra di noi.

Alzo le mani sopra la testa e mi lascio andare, muovendo

il corpo in modo sensuale, sentendomi sexy per la prima volta dopo l'orribile rottura. Sono tornata dal mondo dei morti e sono pronta a gettarmi nella vita, con lui.

Rallenta, è un ballo, un solo appuntamento, una sola settimana.

Phillip mi mette un braccio intorno alla vita e mi tira vicino, infilando una gamba tra le mie mentre ci strusciamo. O, cavolo, sì. I suoi occhi acquamarina sono fissi nei miei, brucianti e sicuri.

«Ehi!» dice Anna apparendo accanto a noi. «Non preferireste trasferirvi al piano di sopra?»

Phillip si tira immediatamente indietro. Io le do un'occhiataccia.

Lei mi dà un'occhiata significativa. Vuole rammentarmi ciò che aveva detto: *Non pensare di poter cambiare un donnaiolo. Finirà solo per ferirti.* Distolgo lo sguardo, cercando di negarlo, perché in questo momento mi sento meravigliosamente bene con Phillip.

Gesticolando, Anna invita Gabriel, che la sta osservando dal lato della pista, ad avvicinarsi a lei: «Maestà, porta qui il tuo bel sedere!»

Phillip e io ci scambiamo un'occhiata divertita. Anna mi ha informato che, ora che è la regina, non dovrebbe imprecare in pubblico. Normalmente avrebbe detto "culo".

Do un'occhiata a Gabriel. Ha un sorriso sulle labbra, sta guardando Anna con calore, ma non si sposta.

Anna si avvicina a lui ballando e, un momento dopo, stanno ballando un valzer, un ritmo completamente sbagliato per questa canzone, ma ad Anna sembra non importare.

Torno a ballare con Phillip. Altre donne si sono affollate intorno a lui ora che c'è spazio. Il suo sguardo torna a me parecchie volte e non riesco nemmeno a essere gelosa. Mi desidera tanto quanto lo desidero io.

Comincia una canzone lenta. Phillip e io ci fissiamo immediatamente negli occhi. Si avvicina, mi prende la mano e mi tira vicino, passandomi l'altro braccio intorno alla vita. Non mi chiede se voglio ballare con lui. Non ce n'è bisogno.

Mi guardo attorno. I suoi fratelli sono tutti accoppiati.

Alcune delle donne stanno ballando tra di loro, ridendo, alcune si stanno dirigendo verso il bar.

Phillip ci sta spostando, discretamente, lentamente verso il bordo della folla. Ho tutti i nervi sul chi vive, in attesa. Probabilmente vuole andare in qualche posto privato, con me, ma si ferma a qualche distanza dal gruppo e continua a ballare.

«Andremo di sopra dopo questo ballo?» dico senza riflettere.

«No.»

«Oh.» Sono confusa. Ha organizzato lui il nostro appuntamento ed è stato affettuoso con me questa sera.

La sua voce è roca quando mi parla all'orecchio. «Ruby, mi piaci moltissimo, ma partirò tra una settimana e anche tu. Io non tornerò per moltissimo tempo. E la verità è che non sono tipo da relazioni. Ti trovo affascinante, e sono tentato, maledettamente tentato, ma voglio fare la cosa giusta con te. Voglio essere migliore della mia reputazione.»

Sento la gola stretta e deglutisco. Anche se mi ha rifiutato, l'ha fatto per una ragione nobile. So che non dovrei chiudere un occhio sulla sua ben meritata reputazione, ma è veramente difficile quanto è così sincero e franco. Non si sta approfittando di me, anzi, sta cercando di proteggere i miei sentimenti. «Forse non stavo cercando una relazione.»

Mi tira più vicino. «Lo rimpiangeresti. So almeno questo di te.»

Non posso lasciar perdere. «Forse volevo solo divertirmi un po', per il breve tempo in cui resterò qui. Una volta tornata a casa, sarò occupata con la mia nuova attività. Voglio veramente partire in quarta per potermi permettere un appartamento tutto mio. Vivo con i miei genitori da quando ho perso il lavoro. Presto avrò una sorellina e i miei genitori hanno bisogno della mia stanza.»

Phillip si tira indietro e mi guarda negli occhi. «Una sorellina? C'è una bella differenza d'età.»

«Lo so. È un miracolo. Siamo tutti così eccitati e non voglio perdermi niente. È la sorella che ho sempre voluto.» Faccio un respiro profondo. «Quindi forse solo per stanotte...»

«Le nostre strade probabilmente non si incroceranno più e non voglio ferirti.»

Quando parlo la mia voce è fioca. «Quindi solo un appuntamento?»

Phillip guarda oltre la mia spalla. «Possiamo ancora passare del tempo insieme, mentre sei qui. Da amici.»

Non riesco a nascondere la frustrazione nella mia voce. «Non ti sei comportato solo da amico questa sera.»

«Sembra che non riesca a farne a meno, ma so qual è la cosa giusta da fare.» Si stacca un po' da me e mi guarda finalmente negli occhi. «Voglio essere un bel ricordo per te.»

Faccio un sospiro esagerato. «Sei veramente un principe.»

Lui ride e mi abbraccia. «Immagino di sì.» Si tira indietro e mi tiene per le spalle. «Vuoi ancora uscire con me?»

Mi sforzo di sorridere, con gli occhi che bruciano. «Parigi? Dai! Ovvio che voglia andare a Parigi.»

Lui riprende a ballare. «Bene.»

«Allora, potrò avere il bacio della buonanotte dopo quell'appuntamento?»

Lui esita. «Certo.»

«Possiamo pomiciare?»

Lui si tira indietro e mi guarda. «Oh, Ruby, temo tu abbia preso una brutta china.»

«Non avere paura. Sarò gentile.»

Lui sogghigna. «Quella è la mia battuta.»

Balliamo in silenzio, con i corpi vicini, accaldati, attirati vicino nonostante i limiti che ha imposto. Non credo di riuscire a resistere alla tentazione di Phillip. È diventato il principe dei miei sogni e non voglio farmelo scappare. Il fatto che partirò tra una settimana rende urgente averlo finché posso.

Mi alzo sulla punta dei piedi e gli sussurro all'orecchio: «E se ti dicessi che, qualsiasi cosa succeda, ci saranno solo bei ricordi? Che farei tesoro del tempo passato insieme e saprò che è solo una cosa temporanea?»

Lui resta fermo e in me cresce la speranza. Poi lascia cadere le braccia e fa un passo indietro. «Non sarebbe così semplice.»

«Perché no? Potremmo metterci d'accordo prima.»

Ci fissiamo e la piccola distanza tra di noi sembra un baratro impossibile da attraversare.

Lucas appare al mio fianco. «Ehi, spendacciona. Ho sentito che sei tu che hai vinto Phillip. Che ne dici di ballare con me? O state ancora ballando?» Guarda Phillip, che si è fermato a una certa distanza da me.

«Vai pure» dice Phillip e si dirige verso il bar.

Io resto di sasso.

Lucas mi prende la mano e mi guida in un valzer. È un buon ballerino e resta educatamente alla giusta distanza. Eppure non riesco a divertirmi, non riesco a distogliere gli occhi da Phillip, fermo al bar. Le donne si sono riunite intorno a lui, che sta chiacchierando con loro. Com'è possibile che stia negando ciò che proviamo? E se ciò che abbiamo, la nostra intensa attrazione, la calda amicizia, non fossero così facili da trovare di nuovo? E se fosse una cosa unica e questa fosse la possibilità di una vita? Ho veramente intenzione di lasciarlo andare? Sarebbe la cosa intelligente da fare o uno stupido errore?

«Gli piaci» dice Lucas, come se potesse leggermi nella mente. O forse sono semplicemente così ovvia con i miei sguardi pieni di desiderio rivolti a suo fratello.

«Anche lui mi piace.»

«La sua ex lo ha rovinato» aggiunge Lucas. «Seri problemi emotivi.» È il motivo per cui Phillip ha detto che non sarebbe stato così semplice? Perché prova dei veri sentimenti per me ed è lui quello che teme di restare ferito?

«Lo capisco. Abbiamo avuto entrambi un'esperienza simile.»

Lucas fischia piano. «Potrebbe essere veramente dura. Due persone con seri problemi emotivi. Sembra un campo minato.»

«E se ne valesse la pena?»

«A volte è così. A volte è brutale.»

«Lo sai per esperienza personale?»

Lucas fa un passo indietro e fa un inchino formale.

«Grazie per il ballo.» Va a chiedere di ballare a un'altra donna, che aspettava lì accanto.

Respiro. Adesso non so che cosa fare. Andare da Phillip? Ignorarlo? Ma poi lui viene verso di me, con le guardie di fianco e so che non ho bisogno di decidere niente. Devo stare con lui.

~

Phillip

Ho cercato di resistere, per il bene di Ruby, okay, anche per il mio, ma stavo lottando contro l'inevitabile. Di qualunque cosa si tratti, non riesco a starle lontano per il breve tempo che mi è concesso con lei. Appena Lucas la lascia sulla pista da ballo, vado da lei. Ora la sto accompagnando attraverso l'ala est verso il giardino pensile, accessibile solo alla famiglia reale. È il mio posto preferito in tutto il palazzo.

«Oh, wow, guarda che panorama!» esclama Ruby, correndo verso il punto dove si vedono in distanza le onde che si infrangono sulla riva.

«Da quassù puoi vedere tutta l'isola, se la notte è chiara.» Alzo gli occhi proprio quando una nuvola copre la luna, facendo diminuire la luce. «È un po' nuvoloso, ma ancora abbastanza bello.»

Lei si avvicina ai bordi, guardandosi attorno, prima di voltarsi verso di me. «Allora, che cosa fai quando sei quassù?»

«Feste, normalmente.»

Dalla porta appaiono due servitori, William e John. Ho chiesto loro di portare un paio di cose. William ha in mano una bottiglia dello stesso Sauvignon Blanc che Ruby stava bevendo prima, e due bicchieri. John ha un paio di morbidi plaid per difenderci dal freddo della sera di fine settembre.

Io porto una delle chaise longue verso il bordo, di fronte al panorama dell'oceano e accetto le coperte. John sposta l'altra chaise longue accanto alla mia e poi un tavolino di legno, sul quale William appoggia la bottiglia e i bicchieri.

Indico a Ruby di sedersi. Sembra felicissima mentre

affonda nei cuscini. Io le sistemo una delle coperte sulle gambe.

«Grazie!» esclama Ruby. «È perfetto!»

Mi siedo accanto a lei e mi metto la coperta sulle gambe. William apre la bottiglia di vino e versa un bicchiere a entrambi.

«Ha bisogno d'altro, Altezza?»

«No, grazie.»

Entrambi i servitori s'inchinano e prendono congedo.

Ruby beve un sorso di vino. «Ahh. Questa è vita.»

«Mi piace quassù. È così tranquillo. Vuoi che accenda le luci incassate nel pavimento?»

«No, le stelle e la luna bastano. Allora, dimmi, che cosa faremo durante il nostro appuntamento?»

«Pensavo di prendere il jet per Parigi…» Smetto di parlare, allarmato dal suo accesso di tosse. «Va tutto bene?»

Lei si china verso di me, con gli occhi pieni di lacrime. «Mi è andato di traverso il vino quando ho ansimato. Prenderemo un jet privato per andare a Parigi?»

«Pensavi che fossimo poveri?»

«Non ci ho mai pensato. Un jet privato?»

«Sì. Anna non ha fatto la raccolta fondi perché non siamo in grado noi di finanziarla. Era il suo modo per coinvolgere quelle che poi diventeranno clienti della futura spa. Lei spera che diffondano la voce.»

Ruby sorride. «Sì, è un tipo sveglio, vero?»

«Sì, un'imprenditrice nata e mio fratello la sostiene, e sta usando il suo considerevole potere e i suoi contatti per spianarle la strada.»

Ruby beve un sorso di vino e sospira. «Sono contenta che sia la regina e abbia tutti voi. Ha avuto un'infanzia difficile e beh, so che ha sempre desiderato avere una famiglia.»

«Probabilmente avrà una sua famiglia con Gabriel abbastanza presto. Tenteranno subito di avere un'erede.»

«Oh, è meraviglioso. Sarà la migliore delle madri.»

«Sono d'accordo.»

«Okay, allora, prendiamo il jet per andare a Parigi, poi…»

«Cena all'Ambroisie e poi…»

«Aspetta, parlami del ristorante.»

«Lo chef è un amico di famiglia, è lì da sempre e il suo ristorante ha tre stelle Michelin. Per i buongustai è il massimo. Per entrare nel ristorante si attraversano i portici del diciassettesimo secolo di Place des Vosges. Ti piacerà.» Davanti alla sua espressione confusa, faccio un passo indietro, ricordando che il posto per lei non è familiare. «Place des Vosges è come un parco, uno spazio quadrato aperto, residenziale, circondato da edifici di mattoni rossi con appartamenti ai piani superiori e negozi e ristoranti a pianterreno. Al livello della strada ci sono questi grandi archi, chiamati portici. Comunque, ti è piaciuto tanto il centro commerciale storico di Nantes che ho pensato che ti sarebbe piaciuto anche questo. E una volta dentro, l'interno del ristorante è in elegante stile viennese.»

«Descrivilo.»

Cerco di rivederlo nella mente. «Rivestimenti di legno bianco, specchi con le cornici dorate, tappezzeria di seta, lampadari di cristallo, tavoli rotondi con le tovaglie bianche, sedie di velluto rosse e viola, pavimenti di marmo intarsiato. Non sono sicuro di rendergli giustizia. Dovrai vederlo di persona.»

«Sembra che tu abbia scelto questo appuntamento proprio per me. E se ti avesse vinto qualcun altro?»

«Allora avrebbe avuto una cena al lume di candela nella sala da pranzo reale e avrei invitato tutti quassù per un party: i miei fratelli, mia sorella e le altre ospiti. Avremmo passato pochissimo tempo da soli.»

Lei mi rivolge un sorriso soddisfatto e sorseggia il vino.

Bevo anch'io. Non mi dispiace di aver scoperto le mie carte. Sa che mi piace. Voglio conoscerla. Voglio trattarla in modo speciale. «Quindi, dopo potremmo andare a ballare in un club, oppure potremmo tornare qui e rilassarci nel giardino pensile. Oppure passeggiare sulla spiaggia. Deciderai tu. Voglio che provi tutto ciò che ti interessa qui, con gli occhi di una nuova arrivata.»

Lei sorride. «È un bel modo di dire che sono una turista. Mi piacerebbe una cena, ballare e poi tornare qui in questo giardino pensile.» Guarda in lontananza e sospira. «Non sei come i tizi che incontro di solito.»

«Immagino di essere il tuo primo aristocratico.»

Ride. «Sì, certo, ma volevo dire che mi sembri più franco, più espressivo della maggior parte degli uomini.»

Guardo anch'io il panorama prima di confidarle: «Non sono sempre stato il principe playboy. Una volta mi sono impegnato. È finita in una rottura molto pubblica. Quindi forse ero contento della mia scandalosa reputazione; la mia ex, in quel modo, poteva vedere che me la cavavo benissimo senza di lei.» Mi volto a guardarla. «Ultimamente, sto veramente cominciando a odiare quella reputazione. Volevo che le mie opere di beneficenza mi aiutassero a ripulire la mia immagine per il bene della mia famiglia, ma adesso voglio cambiarla per il mio stesso bene.»

Ruby mi dà un'occhiata piena di simpatia. «Ho sentito di Lana.»

Bevo un sorso di vino per allentare la stretta che provo alla gola. «Sì, beh. Ne hanno sentito parlare tutti.»

La mia rottura con Lana è stata molto pubblica, ne hanno parlato tutte le riviste di gossip, in Internet e quindi sono sicuro che Ruby conosca i punti fondamentali. Lana e io siamo stati la coppia d'oro per cinque anni, poi lei mi ha scaricato, *con un messaggio,* per un miliardario greco, di cui diceva di essere innamorata. Anche loro erano finiti su tutte le riviste di gossip. Ora, poco più di un anno dopo, ho sentito che è di nuovo single e provo una soddisfazione malsana sapendolo. Spero che lui l'abbia scaricata nello stesso modo cinico in cui lei ha scaricato me. Immagino di non averla completamente superata se sono ancora così pieno di amarezza. Non sono poi così evoluto.

Restiamo in silenzio per qualche minuto, ma non è un silenzio imbarazzato. Lana svanisce dalla mia mente mentre trovo la pace qui, seduto accanto a Ruby, comodo e caldo, a guardare il mare.

«Mi sento una persona diversa seduta qui, in questa isola tranquilla» dice Ruby, rompendo il silenzio. «Come se non fossi in balia di forze che non posso controllare. Come se fossi *io* a controllare tutto. Forse è perché ho lavorato al mio primo progetto autonomo. Mi piace lavorare in autonomia.»

«Sei brava nel tuo lavoro.»

«Grazie. Anna mi ha fatto un enorme favore chiamandomi. Inoltre si è vantata di me con le sue amiche quando ha fatto fare loro il tour delle stanze. Vogliono tutte che lavori per loro quando tornerò a Tampa. Farà veramente decollare la mia attività.»

«È fantastico!»

«Sì. Le cose stanno finalmente andando per il verso giusto.»

La guardo e lei si volta; i nostri sguardi si incontrano per un momento, pieni di calore.

Ruby distoglie lo sguardo e beve un lungo sorso di vino. «Com'era crescere qui?»

Bevo un sorso anch'io e appoggio il bicchiere. Nessuno vuole ascoltare un principe che si lamenta del dovere, degli obblighi e del pubblico scrutinio. Sono nato ricco e non mi è mai mancato nulla. «È stato bello. So di essere fortunato.»

Lei si china verso di me. «Mi sembra una risposta standard, preparata per la stampa. Dimmi com'era veramente.»

«Apprezzo tutto ciò che ho. I miei fratelli e io ci divertivamo, in giro per l'isola, a esplorare le dune e le caverne, nuotando e facendo surf tra le onde.»

«Non dimenticare le crociere sullo yacht.»

Sorrido. «Allora era considerato più che altro un trampolino per tuffarsi in mare. Ovviamente avevamo anche le moto d'acqua.»

«Ovviamente!»

«Vedi, sembra tutto lussuoso. E lo era. Come ho detto…»

«Lo so, lo so. Apprezzi tutto ciò che hai. Com'è non avere privacy? Com'è quando documentano e commentano ogni tuo movimento?»

«Ho imparato ad accettarlo. Sono una persona socievole e, anche se a volte è invasivo, la maggior parte delle volte non m'importa.»

«Anche con la tua ex?»

«Mi piaceva far parte della coppia d'oro. Sembrava che

tutti amassero vederci assieme tanto quanto piaceva a me. Pensavo che ci saremmo sposati, e poi non è successo.» Mi manca la voce. «Sembra che scelga donne belle, vanitose e superficiali. Forse per non essere tentato a impegnarmi.» Faccio una pausa, sorprendendomi da solo per l'intuizione. Non avevo mai chiesto a Lana di sposarmi e ho organizzato tutto per sabotarmi da solo con le altre donne, per più di un anno oramai. Stringo le labbra prima di ammettere la verità. «Forse non sono fatto per impegnarmi.»

Ruby mi stringe la mano. «Chiunque si prenderebbe una pausa dopo lei. So che ti ha scaricato per un tizio veramente vecchio, quindi, sai una cosa? Ti è andata bene. Mi sembra una cercatrice d'oro e forse sapeva che il tuo regno non se la cava poi tanto bene dal punto di vista economico.»

«Lo sapeva. E sono contento che si siano lasciati.»

«Ah ah. La vendetta è dolce. Auguro anch'io un mucchio di cose brutte al mio ex, anche se mi sento in colpa perché sua moglie gli sta dando tre gemelli.»

Mi metto di colpo seduto. «Sua moglie?»

«Già. Io ero l'altra donna, anche se non lo sapevo. Abbiamo vissuto insieme per un anno. *Un intero anno*, Phillip, in cui, nella mia ignoranza, sono stata stupidamente felice.»

«Mi dispiace.»

«Già, anche a me.» Si mette seduta e dice, in tono furioso: «Quando mi ha detto che mi stava lasciando perché sua moglie aspettava tre gemelli, voleva che fossi felice per lui! Io ero lì, sbalordita, e poi mi dice, "Tra parentesi, ti devi trasferire. Questo è l'appartamento delle vacanze dei miei genitori e stanno venendo a trovarmi per via dei gemelli. Siamo tutti così eccitati!"» Finisce il vino in un lungo sorso. «Beh, *io* non ero eccitata. Io ero distrutta.»

Sto male per lei. Sento il suo dolore. Conosco quel tipo di dolore. «Merda, sembra orribile.»

Ruby sospira e si rilassa nuovamente sulla chaise longue. «Già, è stato orribile. Ho perso il lavoro perché semplicemente non riuscivo più a funzionare. Mi sono trasferita dai miei genitori, cercando di lanciare una carriera da libera professionista, ma più che altro cercando di riprendermi, e adesso sono qui, due mesi dopo, e ho la testa da tutt'altra parte. Almeno quella nuvola nera è sparita. Ho una vera possibilità di avere un'attività mia, alle mie condizioni. Sarò in grado di avere un appartamento mio e loro riavranno la mia stanza per la bambina. Sta funzionando tutto come speravo.»

Faccio un respiro profondo. «Sembra che ci siamo incontrati nel momento sbagliato.»

Lei mi studia per un lungo momento e ho la brutta sensazione che stia per calpestarmi il cuore. «Tu mi piaci veramente.»

«Mi piaci anche tu.»

«Ma penso che la tua idea di prima fosse quella giusta. Nessuno dei due ha voglia di altri disastri. Stiamo ancora cercando di riprenderci. Perlomeno io. E so di aver detto, facciamolo, per una settimana, per avere un bel ricordo, ma era solo la libidine che parlava.» Cerca i miei occhi. «Possiamo essere più intelligenti. Voglio dire, anche tu stai ancora cercando di superare Lana, no?»

«Sì.» Dev'essere così, se sono così malignamente contento che Lana sia stata scaricata.

«E ce ne andremo ciascuno per la propria strada molto presto.»

Espiro bruscamente. Perché non ho incontrato Ruby un anno fa? Solo che mi sto prendendo in giro da solo. Un anno fa non mi sarei impegnato più di quanto potrei adesso. Avrei sabotato la relazione in qualche modo e avrei finito per ferirla. Forse sono attratto da lei solo perché so che non abbiamo un futuro.

Cade il silenzio. Entrambi fissiamo il mare. Non c'è altro da dire. Non c'è un noi e non ci sarà mai.

«Dimmi com'è stato crescere a Tampa.»

Lei sorride e mi prende la mano, tenendola nella sua calda sopra la coperta mentre mi racconta di aranci, delle acque calde del golfo e delle sue visite al posto più felice sulla terra, che ha ispirato il suo amore per l'arredamento d'interni.

Finiamo per parlare tutta la notte, seduti fianco a fianco alla luce della luna, tenendoci per mano.

Guardiamo sorgere il sole, insieme, ed è la notte più bella della mia vita.

Ruby si alza e si stiracchia mentre il sole finisce di sorgere. «Non riesco a credere di aver parlato fino all'alba. Avresti dovuto dirmi di chiudere il becco!»

Mi alzo anch'io e piego le coperte. «Mai. Mi è piaciuto sentire tutte le tue storie.»

«Grazie. Anche a me sono piaciute le tue. E ora ho bisogno di dormire.»

L'accompagno alla porta, tenendola aperta per lei e poi la scorto fino alla sua stanza. Lei si ferma appena fuori dalla porta e alza il viso, sorridendomi. «Grazie per la magnifica notte.»

Io riesco a malapena a respirare, tanto sono incantato da lei. «Grazie a *te*.» Mi chino per baciarle la guancia, lei si sposta e le sue labbra incontrano le mie in un bacio dolce.

Mi tiro indietro sorpreso. Ci eravamo appena messi d'accordo di restare solo amici.

Ruby mi afferra la testa e mi bacia di nuovo. Ho il sangue che scorre forte nelle vene. La inchiodo contro la porta in un lampo e la tensione che era cresciuta poco per volta trova finalmente uno sfogo. Le sue labbra sono morbide e sa di vino e sesso, è una miscela potente. Mi afferra i capelli, le unghie mi scavano nelle spalle, la sua lingua duella con la mia.

«La passeggiata della vergogna, eh?» chiede una voce femminile, scherzosa.

Interrompo il bacio e guardo storto una delle amiche di Anna, con una giacca, leggings e sneakers. Probabilmente sta uscendo per andare a correre.

«Mi piacerebbe» dice Ruby ridendo.

Ho il cuore che batte come un tamburo, l'adrenalina in circolo, tutto in me è pronto per continuare. Dimenticate ciò che abbiamo detto prima. La voglio *adesso*.

La donna ride e va per la sua strada.

Ruby alza una mano verso di me, fermandomi. «Buonanotte e buongiorno.» Entra e si chiude la porta alle spalle.

Sto pensando se è il caso di seguirla. Non credo che resisterebbe se la baciassi di nuovo. Finiremmo naturalmente nel suo letto. E poi? Fottiamo come conigli per una settimana, lasciandoci coinvolgere sempre di più, e poi ce ne andiamo ciascuno per conto suo?

Mi volto e m'incammino verso la mia suite. Nessuno dei due potrebbe sopportare un disastro del genere. Aveva ragione. Mi strofino il petto, mi fa male. Forse è già troppo tardi. Ho detto di no al mio corpo, ma il mio cuore è ancora là, con Ruby.

9

Ruby

Phillip è stato un sogno. Dopo la nostra chiacchierata durata tutta la notte, su nel giardino pensile, abbiamo passato il resto della settimana insieme, esplorando l'isola e parlando, parlando, parlando. Non eravamo esattamente da soli. Phillip ha le due guardie del corpo con lui dovunque vada, per ordine del re, non perché lo voglia lui. Giura che gli isolani non gli farebbero mai del male. Mi sono abituata alle sue guardie, Henry e Rafe, una volta che Phillip mi ha assicurato che non avrebbero mai ripetuto niente di ciò che ci sentivano dire, a meno che ne andasse delle nostre vite. Dopo un po', ho dimenticato che c'erano e ho cominciato a parlare liberamente. Essere con Phillip è un po' come passare il tempo con un amico intimo, tranne la tensione sessuale. È sempre presente, una corrente sottile che scorre tra di noi.

Ora siamo sul jet in viaggio verso Parigi per l'appuntamento che ho "vinto" all'asta. Phillip sta chiacchierando con l'assistente di volo, chiedendole della sua famiglia. Io guardo fuori dal finestrino, verso l'isola che sbiadisce in lontananza. È bella, un gioiello di campi di erica viola, dune, pendii erbosi e scogliere, immerso in un mare color zaffiro. Il palazzo Amalie sembra incantato, arenaria e tetti di rame, torri e pinnacoli, appollaiato com'è su una collina al centro dell'isola. Graziosi cottage punteggiano la lunga strada serpeggiante che porta al palazzo. Presto sarà come qualcosa che ho visto in sogno. Partirò tra due giorni. Phillip partirà il giorno dopo.

Phillip si volta verso di me, c'è calore nei suoi occhi verdeazzurro. «È un volo breve. Meno di un'ora e c'è un'auto che ci aspetta. Ceneremo e balleremo e poi torneremo indietro. Va bene?»

Io studio il suo volto, quasi non credendo a quanto possa sembrarmi familiare dopo solo due settimane. I suoi folti capelli castano scuri naturalmente ondulati, gli zigomi e la mandibola definiti, il naso diritto, il labbro inferiore pieno. Dio, come bacia bene. Non ci siamo più baciati dopo la nostra lunghissima chiacchierata e mi manca moltissimo. Ho tentato e lui mi ha gentilmente spiegato che aprire nuovamente quella porta sarebbe stata una tentazione troppo forte. Non m'importa che cosa dicono, non è uno stronzo puttaniere che pensa solo a sé. Non con me. La sua reputazione è più una conseguenza della rottura con la sua ex ragazza che non di ciò che è lui veramente. Ha perfino detto di cominciare a odiare quella reputazione. In fondo al cuore è un romantico. Basta guardare come ha organizzato questo appuntamento scegliendo ciò che sapeva mi sarebbe piaciuto. È così affettuoso e attento con me. Non può essere semplicemente un tentativo di seduzione. Non ha mai fatto pressioni per avere qualcosa di fisico. In effetti è tutto l'opposto. So che le nostre vite si stanno dirigendo in direzioni opposte, ma non riesco semplicemente a resistere.

Phillip si china verso di me. «Che c'è che non va?»

Mi mordicchio il labbro inferiore. «E se evitassimo di andare a ballare?»

«Ah, ok. Dovrò chiamare il club. Avevo prenotato un'area privata per noi.» Prende il telefono. «C'è qualcos'altro che vorresti fare?»

Annuisco.

Lui preme qualche tasto sul telefono. «Che cosa?»

«Te.»

Phillip alza la testa di scatto. «Vuoi…» Poi capisce. Sorride e scuote la testa. «Ruby, pensavo che fossimo…»

«Non m'importa.» sussurro. «Partirò tra due giorni. Non posso partire senza sapere come sarebbe stare con te.»

Mi rivolge un sorriso strafottente. «Oh, sai, è fantastico.»

Io rido. «Non ho il minimo dubbio.»

Phillip mi guarda negli occhi. «Devi esserne sicura, non voglio che tu abbia rimpianti.»

«Nessun rimpianto. Parigi è la nostra piccola bolla. Possiamo fare tutto ciò che vogliamo lì, e quando ripartiremo, sarà solo con bei ricordi.»

«Avremo sempre Parigi.»

«Punti di merito extra per la citazione da *Casablanca*.»

Phillip mi mette dietro l'orecchio una ciocca di capelli. «Se avessi saputo che avremmo avuto una bolla parigina, ti avrei portato qui giorni fa, invece di farti da guida turistica a Villroy.»

«Una notte. È ciò che la rende una bolla. Una volta.»

«Una notte, non una volta.» Mi prende per il mento e mi bacia dolcemente, poi mi mordicchia il labbro inferiore «D'accordo.» Poi prende il telefono, preme qualche tasto e parla rapidamente in francese, prenotando quello che sarà sicuramente un albergo di lusso. Tutto ciò che mi importa è di lasciarmi finalmente andare con lui. Basta tenere le distanze.

Il ristorante è tutto ciò che aveva descritto Phillip, dal momento in cui passiamo sotto l'arcata dei portici a Place de Vosges per entrare nel locale con il suo arredamento elegante. È come se fossi andata indietro nel tempo per mescolarmi in un salotto con l'alta società. Sono così contenta di aver portato il mio classico abitino nero. È un posto di alta classe. Non hanno trascurato il minimo dettaglio e cerco di assorbire tutto senza fissare come un'allocca: cornici dorate intorno agli arazzi di seta, specchi dorati, lampadari di cristallo a gocce, pavimenti di marmo con tappeti persiani posizionati ad arte. Ogni tavolo è apparecchiato con eleganza, con tovaglie bianche, piatti di porcellana e un'abbondanza di posate d'argento, più un piccolo vaso di cristallo con fiori freschi. Imito Phillip quando si tratta di scegliere le posate giuste per ogni piatto. Lui è nato in quest'ambiente; io mi sono solo aggregata.

Ciò che Phillip ha trascurato di dire, parlandomi del ristorante, è che il cibo è una vera e propria opera d'arte. Non pensavo che il cibo potesse avere un aspetto così elegante. È quasi troppo bello per mangiarlo! Il mio antipasto: capesante messe in cerchio su una zuppetta di piselli freschi con erbe aromatiche e un fiore viola in centro. Faccio una fotografia prima di rovinarlo mangiandolo, e Phillip ride divertito.

Adoro assolutamente tutto e Phillip è gentile e mi fa assaggiare i suoi piatti. Lui ha ordinato un carré di agnello e io la sogliola. E non è carino? Il mio tortino di patate ha piccole teste d'asparago che spuntano! Il mio preferito in assoluto è il dessert. Il mio assomiglia a un bignè tagliato in due, ma al centro c'è della torta al cioccolato a due strati con uno strato spesso di crema al mango. Anche la torta al cioccolato fondente di Phillip è da morirci dietro. Avrei probabilmente potuto finire io entrambi i dessert perché le porzioni erano minuscole, anche se della migliore qualità. Questo è cibo da assaporare.

Lo chef, un uomo sulla settantina, è perfino uscito dalla cucina per vedere se ci stavamo godendo la cena. Lui e Phillip hanno chiacchierato un po' in francese. Vorrei sapere qualcosa di più, oltre a *bonjour* e *merci beaucoup.*

Dopo cena, facciamo una passeggiata in città con le sue guardie al seguito. Non ci sono mai stata prima e c'è tantissimo da vedere, ma il mio pensiero continua ad andare a *dopo*, all'albergo, al letto, a Phillip nudo. Non sono nervosa come sarei normalmente al pensiero di andare a letto con un tizio per la prima volta. Mi sento solo eccitata. Ci siamo conosciuti bene nelle ultime due settimane. È una brava persona e il mio istinto dice che mi posso fidare di lui.

Adesso sta facendo la guida turistica e io cerco di ricordare di dire "bello" e "oh, davvero" a intervalli regolari.

Phillip si ferma di colpo e mi volta verso di sé, afferrandomi le braccia. «Ruby, dove sei? Ti sto annoiando con questo giro turistico?»

Io do un'occhiata alle guardie dietro di lui. Loro distolgono educatamente gli occhi.

Mi alzo sulla punta dei piedi e sussurro. «Continuo a pensare all'albergo. Henry e Rafe saranno insieme a noi?»

Phillip sorride. «Sì, ma saranno fuori dalla stanza, accanto ai punti d'accesso.»

Tengo la voce bassa. «Saranno in grado di sentirci?»

I suoi occhi scintillano divertiti. «Dipende da quanto sei rumorosa.»

«Io? E tu?»

«A me sono abituati.»

Mi metto una mano sul fianco. «Allora questa per te è una cosa abituale?»

Phillip piega la testa. «Vediamo. È una domanda trabocchetto. Se dico sì, ti arrabbierai. Se dicessi no starei mentendo. Io non voglio mentirti, Ruby.»

Stringo le labbra, irritata, ma poi mi sfugge una risata. «Conosco la tua reputazione.»

Lui mi alza il mento e mi bacia la punta del naso. «E sai anche che voglio cambiarla.»

«Okay. Dai, portami in albergo.»

Phillip si rivolge alle guardie. Henry annuisce una volta. «L'auto è già per strada.»

Scuoto la testa, rivolta a Henry e Rafe. «Quante cose dovete sapere. La vostra discrezione è ammirabile.»

«Grazie, signora» dice Henry, con il volto impassibile.

«È il nostro lavoro, signora» dice semplicemente Rafe.

«Allora okay.» Mi volto verso Phillip e sussurro. «Se dovessi diventare troppo rumorosa, sentiti libero di fare così.» Mi metto una mano sulla bocca.

Lui ride e mi abbraccia, sollevandomi da terra. «È la nostra bolla, Ruby. Fai tutto ciò che vuoi.»

Poco dopo arriviamo al Ritz. Ovvio. Visto, questa bolla parigina sarà da perdere la testa! Mi sembra già di muovermi dentro un sogno. Così diverso dalla mia vita a casa da non riuscire nemmeno a venirne a capo.

Phillip mi prende per mano e mi guida alla reception.

L'impiegato lo riconosce immediatamente, lo registra e gli dà la chiave.

«Sapevano già che cosa volevi?» sussurro.

«Gliel'ho fatto sapere in anticipo. Ho prenotato la *Suite Impériale*. Pensavo che ti sarebbe piaciuto l'interno storico, dato il tuo lavoro e visto che il palazzo Amalie ti è piaciuto tanto.»

Sto praticamente vibrando per l'eccitazione. È un genere di cose che non si vede a casa. L'arredamento storico europeo è molto più antico ed elegante della nostra roba più antica, che, fondamentalmente, risale all'America coloniale. Siamo una nazione relativamente piuttosto giovane.

«Avrà bisogno d'aiuto per i bagagli, Altezza?» chiede l'impiegato in perfetto inglese.

Phillip risponde cordialmente. «Siamo solo noi, grazie.» Non è minimamente imbarazzato per il fatto di usare l'albergo per il sesso, quindi perché dovrei esserlo io?

Lo seguo nella nostra suite, con le guardie che ci seguono dappresso. Phillip tiene la porta aperta per me, io entro e resto di stucco. Assomiglia più a un appartamento! Questo posto è enorme!

Phillip chiude la porta dietro di noi. Le guardie restano nel corridoio.

Mi abbraccia da dietro. «Allora?»

«È fantastica!»

«Vai a vedere la stanza da letto. È una replica di quella di Marie-Antoinette a Versailles. È quella quasi tutta color oro.»

Attraverso di corsa il soggiorno con le sue due aree con i divani. Dev'esser questa. Qui è tutto seta e dorature. È l'eleganza sontuosa del diciottesimo secolo. Questo posto è praticamente un museo con i mobili antichi e i quadri a olio. Il letto è incredibile, ha la testiera di legno scolpito coperta di seta ed è posto dietro a una balaustra dorata. Un corto baldacchino arriva fino al soffitto. Prendo il telefono e comincio a fare fotografie. Sono proprio una turista.

Faccio un breve giro nella stanza. C'è anche una dormeuse, antiche poltroncine imbottite dallo schienale alto, diversi tavoli e un grande camino con il ritratto a olio di un uomo dai capelli scuri, probabilmente il marito di Marie Antoinette, il re. Mah. Non conosco la storia francese. Alzo gli occhi. Lampadario di cristallo, elaborati decori in gesso sul soffitto e modanature, tutto bordato d'oro. Va oltre la… solo *oltre*. Sto morendo. Se l'avessi vista prima di aggiungere il mio tocco alla suite "fantasia reale", mi sarei arresa, sapendo quanto ero lontana dalla vera eleganza regale.

Mi volto a guardare Phillip, che mi ha seguito. «Impressionante. È strano che stia facendo fotografie invece di mettermi nuda?»

Phillip scoppia a ridere. «Fai tutte le fotografie che vuoi. Stai praticamente sbavando. Sapevo che questa stanza sarebbe stata la scelta giusta. Guardati attorno quanto vuoi. Io non vado da nessuna parte.»

Faccio un lento tour della suite, ricominciando dalla stanza di soggiorno. Due divani rossi, uno dei quali con le nappe dorate lungo il bordo inferiore, formano due aree di seduta, separate da un lungo antico tavolo di legno intagliato. Porte a vetri portano a un balcone che dà sul panorama della città. Continuo ad andare verso una porta a vetri a due ante, che dà su un'altra stanza da letto, non elaborata come la prima, ma comunque splendida, nei toni dell'azzurro-verde e rosa. Sete e dorature abbondano anche qui. Il bagno annesso, quasi tutto di marmo è bello e mi fa pensare che quello della stanza padronale sarà ancora più bello. Torno indietro, andando verso quella.

Phillip sta appendendo la giacca in un armadio e ammicca quando lo supero. È un tale tesoro, ad aspettarmi con tanta pazienza.

Finalmente entro nella stanza da bagno. «Sìììì» dico, sospirando sognante. Mi riempio gli occhi dell'enorme vasca idromassaggio con il bordo di marmo, grande abbastanza per due persone, posta sotto una finestra. Anche lì c'è un camino, oltre a carrello con olii da bagno e lozioni di alta gamma. Un mazzo di rose bianche in una ciotola dorata su un tavolo da toletta emano un dolce profumo floreale. Le pareti sono rivestite di legno chiaro intagliato. C'è un'altra porta e do una sbirciata, trovando il resto del bagno, tutto marmo ed eleganza, come mi aspettavo. Torno nella favolosa zona con la vasca da bagno. È come una spa in un museo. Incredibile.

Posso solo immaginare quanto costi stare qui. Migliaia di dollari per notte. So che non potrei mai permettermi di stare qui per conto mio. Phillip vive veramente in un mondo diverso. E Parigi è la nostra bolla. Mi sento già come se stessi fluttuando fuori da me stessa e stessi guardando questo lusso straordinario che va al di là della mia più sfrenata immaginazione.

«Qual è la prima cosa che vuoi fare?» mi chiede Phillip arrivandomi alle spalle, e io sobbalzo. Lui ride. «Non dirmi che sei nervosa. È stata un'idea tua.» Sento il sorriso nella voce, dolcemente scherzosa.

Mi volto e faccio una risatina. «Mi hai sorpreso. Sono andata fuori di testa nella stanza da bagno padronale e sto andando in giro in trance da allora.»

«Sono contento che ti sia piaciuta. Vuoi fare un bagno?»

«Da sola?»

«Se vuoi. Oppure potremmo farlo insieme dopo…»

Mi avvicino e gli metto le braccia intorno al collo. «Sei terribilmente accomodante. Avresti dovuto saltarmi addosso appena chiusa la porta.»

Phillip mi mette una mano sulla nuca, sotto i capelli. «Non voglio affrettare le cose. Voglio assaporarti.»

Sospiro. Stupisce forse che mi stia innamorando di lui?

Lui abbassa la testa, sigillando le labbra sulle mie, mettendomi un braccio intorno alla vita e tirandomi vicina. Il bacio passa da tenero a famelico in un lampo, e la familiare sensazione di eccitazione esplode dentro di me mentre cerco di avvicinarmi ancora di più, solo che questa volta non devo fermarmi. Lui non deve fermarsi. Mi sta facendo arretrare mentre mi bacia, finché arriviamo contro la parete, poi mi rialza il vestito fino in vita e mi solleva. *Sì.* Così va molto meglio, tutto è perfettamente allineato. Gli avvolgo intorno le braccia e le gambe. Lui ha una mano sulla mia guancia e mi tiene ferma mentre mi divora la bocca. L'altra mano scivola lungo il collo, oltre la clavicola per fermarsi sul seno e strofinarmi il capezzolo eretto. Dal fondo della gola mi esce un gemito.

Phillip sposta la testa, baciandomi lungo la guancia e poi sul lato del collo. Voglio di più, più lui, più pelle. Gli slaccio la camicia bianca, trovando la maglietta bianca girocollo. «Troppi vestiti» protesto. «Togliti questa roba.»

Lui mi bacia, mordicchiandomi il labbro inferiore prima di sorridere contro la mia bocca. «Niente fretta, ricordi?»

Gli sfilo a forza la maglietta dai pantaloni. «Mi stai facendo arrabbiare.»

Lui sogghigna e mi rimette in piedi. Poi lo guardo mentre si toglie la camicia e la maglietta e le getta sul tavolino da toletta. Mi si secca la bocca davanti alla sua bellezza maschile, a tanta bellezza. «Mi piacciono le tue spalle» dico senza pensare. «Così larghe e piene di muscoli.»

Phillip curva le labbra in un sorriso. «Grazie.»

Sento un campanello e poi bussare alla porta. Mi porto la mano alla gola, con il cuore che batte forte. «Sono le guardie? C'è qualcosa che non va?»

«Rilassati. Sono sicuro che sia lo champagne che ho ordinato.»

Si dirige verso il soggiorno e apre la porta, completamente a suo agio anche a torso nudo. Un momento dopo ritorna fischiettando. Lo raggiungo nel soggiorno proprio mentre apre un armadietto e preme un paio di tasti. Dagli altoparlanti che non avevo notato esce il suono basso di musica jazz.

Mi guarda voltando la testa, con un sorriso sulle labbra. «Mi sembri un po' nervosa, quindi sto preparando la scena per la seduzione.»

«Oh, davvero?»

«Mmm-hmm.» Phillip regola il volume della musica, alzandolo. Mi dice qualcosa ma non riesco a capire le parole. La musica è troppo forte.

Mi metto una mano a coppa intorno all'orecchio, andando verso di lui. «Cosa?»

«Perfetto!» Indica un tavolo di marmo con lo champagne e una scatola dorata legata con un nastro marrone e rosso.

«Mi hai preso un regalo?»

Lui mi abbraccia da dietro e mi sussurra all'orecchio: «Tartufi di cioccolato dal miglior cioccolatiere di Parigi.»

Mi sciolgo. Ha ricordato che mi piacciono i tartufi di cioccolato. Abbiamo passato un mucchio di tempo parlando, imparando a conoscerci. Mi metto una mano sullo stomaco. «Se solo non fossi così sazia dopo la cena.»

«Saranno un buon tiramisù per quando sarai esausta, dopo che ti avrò scopato per bene.»

Sento le farfalle nello stomaco, una pressione al basso ventre. È la prima volta che parla in modo rude, e mi piace perché lo fa sembrare più vero e meno il perfetto principe da sogno.

Phillip mi scosta i capelli e mi bacia il collo. Io mi lascio andare, tutti i miei muscoli sono caldi e languidi e il desiderio si propaga dentro di me. Mi tira leggermente il lobo dell'orecchio con i denti prima di sussurrare. «La musica coprirà ogni rumore che ti sentirai di fare, lo champagne è in ghiaccio e le guardie resteranno appostate da questa parte della suite, lontano dalla stanza padronale.»

Mi volto tra le sue braccia. «Non sentiranno la musica ad alto volume, capendo che serve per coprire il rumore del sesso?»

«Ho detto loro che stiamo recitando poesie francesi» dice, con il volto impassibile. «Erano così disgustati che si sono messi i tappi alle orecchie.»

Cedo, rido e sorride anche lui. «Hanno veramente i tappi alle orecchie?» So che è esagerato, ma sarei molto più rilassata se li avessero davvero.

Phillip non risponde. Invece mi prende per mano e mi porta nella stanza da letto. Si ferma accanto al letto e passa dietro di me, abbassando lentamente la cerniera del vestito, con le dita che accarezzano leggermente la spina dorsale, facendomi rabbrividire. Fisso il letto elegante, con la sovraccoperta dorata e sbotto: «È troppo bello per metterlo in disordine.»

«Preferiresti il pavimento?»

«È un tappeto persiano!» Tolgo le coperte, in modo che

restino solo le lenzuola di seta e mi guardo intorno per trovare un posto sicuro dove metterle.

Phillip me le prende di mano e le mette sopra una sedia, dandomi un'occhiata sarcastica. «Comincio a pensare che avrei dovuto prenotare l'Holiday Inn.»

Mi metto a ridere. «Mi dispiace.»

«Non devi essere dispiaciuta ma nuda.» Mi fa scivolare l'abito fino ai piedi e mi tengo a lui per finire di toglierlo. Allungo la mano verso la fibbia della sua cintura, ma lui si sposta.

Ha la voce arrochita. «Lasciati guardare.» Cerco di non agitarmi, sapendo che sono minuta, non ho tante curve, da nessuna parte, in realtà. Sono più piccola di quanto alcuni uomini preferiscano.

I suoi occhi mi divorano, a cominciare dal mio reggiseno di pizzo nero fino alle mutandine abbinate e alle scarpe con i tacchi alti, nere. «Sei così bella, Ruby. Sei maledettamente sexy.»

E con lui mi sento bella. Mi getto tra le sue braccia e poi ci stiamo baciando appassionatamente e le sue mani sono dovunque. Interrompo il bacio e mi concentro per denudarlo, slacciandogli la cintura. Poi il gancio e la cerniera e finalmente posso accarezzarlo. Lui geme e tira indietro la testa. Continuo, spogliandolo, fino a lasciarlo solo con le calze. È magnifico, la sua erezione tesa verso di me, le gambe possenti e muscolose. Si toglie le calze mentre io mi tolgo le scarpe.

Ci fissiamo per un lungo, bollente momento prima di appiccicarci, con le bocche fuse insieme, le mani che cercano, pazzi l'uno dell'altro. C'è un'intensità che non ho mai provato. Ho bisogno di lui come del mio prossimo respiro. Cadiamo sul letto, in un intrico di braccia e gambe. Phillip rotola sopra di me, appoggiandosi sui gomiti e mi bacia quasi brutalmente. Non c'è altro che il calore del suo corpo, il fuoco che si accende tra di noi, il suo sapore, il suo profumo. Si sposta, continuando a baciarmi lungo il collo, tra le clavicole, affondando la lingua nell'incavo.

«Adesso è il mio turno» gli dico, appoggiandogli le mani

sulle spalle. «È da quando ti ho visto la prima volta che ho voglia di leccare ogni spettacolare muscolo.»

Phillip rotola via, si mette sulla schiena e allarga le braccia di lato. «Fai pure.»

Mi metto cavalcioni, vittoriosa, con le mani sulle sue spalle, ammirando il suo magnifico torace.

«Beh» scherza. «Hai intenzione di guardare e basta?»

Mi chino e lo bacio, affondando i denti nel suo labbro inferiore pieno e poi succhiando. Lui geme. Gli passo le mani dalla mandibola squadrata giù lungo il collo e sulle spalle. Phillip mi afferra i fianchi, ma non li sposta. Io scivolo più in basso, baciandolo e mordicchiandolo mentre scendo, fermandomi per passare la lingua sul capezzolo piatto. Phillip geme di nuovo e io sorrido. Continuo, esplorando i suoi addominali, leccandoli, e poi lungo i fianchi e il suo odore muschiato mi eccita sempre di più. Mi sposto, prendendo in mano la sua erezione massiccia e passandovi sopra la lingua. Phillip continua a gemere e il tono diventa più profondo. Lecco la goccia salata sulla punta e poi la prendo in bocca. Le sue dita mi afferrano i capelli mentre i suoi fianchi si alzano dal materasso. Lo prendo in profondità, più che posso, alzando gli occhi verso il suo bel viso. Ha la bocca semiaperta, gli occhi dolci e mi guarda. Io continuo, voglio dargli tutto, dopo ciò che ha fatto per me. Sono bagnata, eccitata, e il suo piacere aumenta il mio.

Phillip si sposta di colpo e dà uno strattone ai miei capelli. «Ruby!»

Allento la presa con riluttanza e alzo la testa. «Che c'è?»

«Tocca a me» ringhia.

Spalanco gli occhi all'asprezza, insolita nella sua voce, e poi mi è addosso, con la bocca sigillata sulla mia mentre mi abbassa sotto di sé. Gli metto le braccia intorno al collo e apro le gambe per accoglierlo.

Lui traccia un sentiero di baci fino al mio orecchio. «Cristo, così bagnata. E non ti ho ancora toccato.»

«Mi sono eccitata succhiandoti.»

Lui lascia cadere la testa per un attimo.

«Phillip?»

Solleva la testa, mi tiene la faccia con una mano e mi bacia. «Così maledettamente sexy.» Mi bacia di nuovo, a lungo e profondamente. Con la mano a coppa sul mio seno, lo accarezza e poi si sposta, ed è la sua bocca sul mio capezzolo, che succhia, accentuando l'incavo sotto gli zigomi. Piacere puro si diffonde in me e la pressione sale a ogni forte succhiata. Apro ancora di più le gambe, lo voglio lì. Lui si sposta sull'altro seno, accarezzando, baciando, succhiando. Stringe i denti sul capezzolo e io risucchio il fiato sibilando, con la schiena arcuata, e poi diventa più dolce, leccando il capezzolo eretto e poi succhiandolo di nuovo. Il mio respiro adesso è affrettato e l'eccitazione è al limite.

«Phillip, baciami, scopami.» Rivoglio la sua bocca sulla mia e lo voglio dentro di me.

Phillip scivola in basso di colpo e mi bacia il sesso. Io sobbalzo. I suoi dolci occhi verdeazzurro fissano i miei mentre mi accarezza pigramente con le dita. «Così sensibile» mormora.

«Mi hai sorpreso… ah!» I miei fianchi si sollevano, il piacere al calor bianco mi ha tolto il fiato. Aveva abbassato la testa e aveva succhiato proprio mentre le sue dita mi penetravano. Non sta andando piano, adesso. Mi blocca un fianco con una mano, mentre le dita continuano a spingersi dentro e ad accarezzarmi, con le labbra e la lingua che continuano a divorarmi. Sto tremando sotto di lui, le unghie conficcate nelle sue spalle, sto mormorando parole incoerenti, con il cervello che preme per arrivare all'orgasmo. Non riesco a formulare le parole. *Voglio, voglio, per favore, per favore.*

Phillip solleva la testa, osservando la mia espressione mentre continua a lavorare su di me con le dita. Sto ansimando, con la bocca aperta, accaldata. Non riesco a parlare. Lui sogghigna, un sorriso molto soddisfatto e abbassa nuovamente la testa. *Sì!* Solo che adesso è gentile, baci leggeri, lente leccate e anche le dita rallentano.

Gemo e gli tiro i capelli. «Sono così maledettamente vicina. Non fermarti.»

«Non ho intenzione di fermarmi.»

«Più forte, ancora, più forte.» Sono senza vergogna.

«Piccola strega pretenziosa» ringhia e si impegna per farmi andare fuori di testa. Mi porta di nuovo ad altezza inimmaginabili e gli sono così grata che non riesco a smettere di mugolare. Forte, ma non mi importa. La sua bocca, quella bella bocca famelica, mi sta consumando; le sue dita si impadroniscono di me. Sono così persa che in pochi minuti comincio a tremare. Dentro di me sono carica come una molla.

«Guardami» mi ordina brusco.

Spalanco gli occhi, fissando i suoi. Lui mi osserva mentre abbassa nuovamente la testa, succhiando dolcemente, le sue dita, oh, Dio, la pressione. Il mio mondo diventa buio per un momento e poi esplode. I fianchi si sollevano da soli contro di lui. L'elettricità scorre nel mio corpo, irradiandosi dal centro fino alla punta dei piedi; perfino il cuoio capelluto sta fremendo. Sono una scintillante stella cadente che vola attraverso i cieli.

Phillip risale lungo il mio corpo, mi scosta i capelli sudati e mi bacia. Io sorrido contro le sue labbra. Sono senz'ossa, mi sto fondendo con il materasso. Penso vagamente che dovrei invitarlo a scoparmi adesso, ma non riesco a parlare, non riesco a muovermi. A lui non sembra importare. È sdraiato sul fianco accanto a me e mi accarezza, passandomi la mano dalla spalla al polso, lungo il torace, sul fianco. Perfino questo è piacevole, una sensazione di calore che si irradia da dovunque mi tocchi.

Finalmente ritrovo la voce. «Vorrei fare di più, ma sembra che non riesca a muovermi.»

«Shh, lascia solo che ti tocchi.»

E così faccio. Resto lì, calda e rilassata mentre lui mi passa le mani dappertutto, finché mi prende tra le braccia e mi tiene stretta. Io mi accoccolo nel suo calore, al sicuro, felice e soddisfatta. La verità mi sbatte addosso di colpo…

Sono innamorata.

Cazzo, no. Questa doveva essere la nostra unica notte a Parigi, la nostra bolla, il nostro ricordo. Le lacrime mi bruciano gli occhi. Maledizione.

Gli afferro la testa e lo bacio, forte, infilando la lingua tra le sue labbra, volendo disperatamente tornare alla passione e al nudo desiderio. Lui mi segue, la sua bocca diventa imperiosa e poi rotola sopra di me, inserendosi tra le mie gambe. Si ferma di colpo e si volta verso il comodino. Ha lasciato lì un preservativo. Non glielo avevo nemmeno visto fare.

Se lo infila e poi si sistema tra le mie gambe, con la mano grande sul mio viso, guardandomi negli occhi.

L'emozione mi chiude la gola e deglutisco.

«Va tutto bene?» mi chiede.

Gli afferro il sedere e lo tiro più vicino. «Sì. Scopami.»

Lui dà una forte spinta, penetrandomi fino in fondo, con la bocca sulla mia, ingoiando il mio leggero grido. È tanto più grande di me. Mi sta allargando, grosso e duro, dando inizio a una pressione profonda. Si sposta per sussurrarmi all'orecchio: «Sei così stretta. Dio è così bello.»

Cerco di rilassarmi sotto di lui. E poi lui mi bacia dolcemente mentre si spinge e si ritrae, lento e sicuro e io mi rilasso di nuovo. È un lento crescendo di piacere.

Phillip mi fissa con un'espressione talmente tenera che resto per un momento senza fiato. Nessuno mi ha mai guardato in questo modo mentre scopiamo. Perché non è scopare: Phillip sta facendo l'amore con me.

Gli passo le unghie sulla schiena e gli mordo il collo. La sua reazione è veloce e sicura, porta la mano sotto il mio fianco e mi alza, per penetrarmi più a fondo mentre continua a spingersi dentro di me, respirando pesantemente al mio orecchio.

«Vieni con me» dice roco.

«Sì» ansimo. Sono vicina e lui è implacabile, mi spinge sempre più vicino al precipizio. Il mio corpo si contrae intorno a lui mentre respiro a fatica.

Lui mi tiene la mandibola, i suoi occhi fissi nei miei; i nostri respiri si mescolano insieme ai nostri corpi. La sua voce è profonda e imperiosa: «Adesso.»

Mi spezzo, con l'orgasmo che esplode dentro di me. Lui si lascia andare, continuando a spingere durante i miei spasmi, dandomi ancora più piacere, ondata dopo ondata, finché siamo entrambi svuotati. Si appoggia a me, un peso delizioso.

Cerco di imprimermi nella mente questo momento in tutti i particolari. L'odore muschiato del sesso, la nostra pelle calda premuta insieme, il battito forsennato del mio cuore, l'euforia.

È un momento *perfetto*.

Phillip si sposta per non pesarmi addosso, tenendosi sopra di me mentre mi prende il volto tra le mani e mi bacia. «Riposa, adesso. Ho dei piani per dopo.»

Sono troppo soddisfatta e rilassata per muovermi e le parole si formano lentamente nel mio stato sognante. «Dovrei preoccuparmi?»

Phillip mi guarda con affetto. «Solo se ti preoccupano gli orgasmi multipli.»

Sorrido, e sono sicura che sia un enorme, stupido sorrido. «Penso di am…» Chiudo in fretta la bocca.

Phillip si blocca. Io gli fisso il mento, senza riuscire a guardarlo negli occhi, desiderando disperatamente di rimangiarmelo.

Phillip rotola via da me e scende dal letto.

Stringo forte gli occhi, rimproverandomi per aver detto senza pensare ciò che probabilmente è solo frutto dello stato emotivo, perché non sono più stata con nessuno dopo il mio ex. L'ho spaventato. *Brava, Ruby. Tu e la tua bolla. Ah, certo, sarà solo una cosa casuale, solo un bel ricordo.*

La musica s'interrompe bruscamente. Il silenzio è completo. *La festa è finita.* Pensavo che avremmo passato qui la notte, ma ho rovinato tutto. Adesso è finito tutto.

Mi metto seduta, pensando che dovrei vestirmi. Ovviamente queste cose casuali non fanno per me, faccio veramente schifo. Ma no…

Phillip sta tornando da me. È nudo, meravigliosamente e orgogliosamente nudo e ha in mano lo champagne e il cioccolato; tra le dita di una mano pendono due flûte.

Mi si riempiono gli occhi di lacrime e stringo le labbra. Non se ne sta andando. Non ho rovinato niente.

Appoggia tutto sul comodino, poi tira le coperte fino ai piedi del letto, mi fa stendere sulla schiena e poi mi copre, infilandosi sotto anche lui senza dire una parola.

Resto sdraiata sulla schiena, con la bocca chiusa stretta,

senza sapere che cosa dire, se mai dovessi dire qualcosa. Devo fingere di non essermi quasi lasciata sfuggire la parola che comincia con la *A*?

Adesso anche lui è sdraiato accanto a me e si sposta per guardarmi negli occhi. «Ruby.»

«Mmm?»

«Finisci la tua frase.»

Deglutisco e fisso il soffitto. «Che frase?»

Phillip mi mette la mano calda sullo stomaco. «Sai di che frase parlo.»

Rifletto sulle alternative: negare o obbedire, e le potenziali conseguenze. Il mio cuore delicato ha bisogno di protezione. Solo una tale idiota ad aver pensato di poter avere un'avventura. Ora il mio cuore sta sbattendo nel vento. «Perché?»

«Voglio sentirlo.»

Non posso. È troppo rischioso. «Era solo la reazione del momento. Non significa niente.»

Mi accarezza lentamente le costole. «Era solo l'orgasmo che parlava?»

Faccio una risatina. «Sì.»

«Capisco.» Siamo abbracciati, petto contro petto. Mi appoggia una mano a coppa sulla testa, appoggiandovi sopra il mento. Espira piano e mormora. «Ma spero che tu lo ripeta perché… penso che sia lo stesso per me.»

Non riesco a respirare. Anche lui è innamorato di me. Ho il cuore che galoppa. Come abbiamo fatto ad arrivare a questo punto, così in fretta? E che cosa dovrei fare con questo dono incredibile?

10

Phillip

Resto sdraiato al buio, tenendo stretta Ruby. È perfetta tra le mie braccia e sto cercando di elaborare i prossimi passi. Nonostante l'orribile tempistica, nonostante il fardello delle nostre esperienze passate, non riesco a fare a meno di pensare che sia una cosa bella. Lei prova dei forti sentimenti per me e io ho cercato di negare i miei, ma non serve. Pensavo già che fossimo compatibili, ma ora che abbiamo finalmente superato quella linea invisibile, ne sono sicuro, per tutto ciò che conta. Ruby è fatta per me, è la mia anima gemella. Non le importa niente del mio titolo, della mia ricchezza, del mio stupido nomignolo. Per lei non sono il *royal hottie*. Lei vede il vero Phillip. Diversamente dalle mie precedenti ragazze, non ha un grammo di vanità e di superficialità in tutto il corpo. È calorosa, sincera, aperta, un luminoso fascio di energia che voglio tenermi vicino. È entrata nella mia vita appena ho smesso di cercarla.

Respiro, sento il leggero profumo floreale del suo shampoo e qualcosa di dolce che è unicamente Ruby. Lei si volta sull'altro fianco con un lieve sospiro. Sta dormendo. L'abbraccio da dietro, eccitato dal contatto, ma anche sonnacchioso. La mia mente vaga e chiudo gli occhi.

Devo essermi addormentato. Mi sveglio con una mano sul suo seno e l'altra tra le sue gambe. È calda e bagnata.

«Sei sveglia?» le chiedo, lievemente allarmato al pensiero che stessi giocherellando con lei mentre dormiva.

Lei sussurra senza voltare la testa. «Sì, ho messo le tue mani dove le volevo, sperando che ti svegliassi e capissi l'allusione.»

Sorrido. *Capire l'allusione.* È decisamente fatta per me, giocosa, sexy e divertente. «Aspetta.» prendo un altro preservativo da dove li ho ammucchiati prima, lo infilo e mi appoggio di nuovo a lei, tranne che questa volta mi spingo dentro di lei. La sento tirare forte il fiato. È minuta, stretta e in questa posizione perfino più stretta. È favolosa. Le sollevo la gamba e la tiro indietro, appoggiandola sulla mia; poi rimetto la mano esattamente dove la voleva lei, accarezzandola rapidamente. Ruby si arcua contro di me, come se volesse sfuggire alle mie dita, ma l'ho imprigionata e la sto spingendo verso l'acme mentre continuo a spingermi e a ritrarmi lentamente. Mi era piaciuto portarla all'orgasmo, una tremante resa completa, che aveva fatto ruggire trionfante il mio cavernicolo interiore. Non sapevo di aver bisogno di quella sensazione, finché lei non me l'ha regalata.

Ruby porta indietro le mani, infilandomi le unghie nelle spalle, con la schiena arcuata. Le sfuggono piccoli gemiti che mi eccitano ancora di più. Mi sforzo di rallentare, voglio prolungare il piacere per lei.

«Phillip!»

Addolcisco i miei movimenti e lei si affloscia, smette di stringere le dita e la sua schiena si rilassa. La sua reazione al mio tocco è intensa. La consuma esattamente come fa con me.

Le bacio il collo, la sua pelle di seta è calda al tocco. Ruby sposta la testa per permettermi di baciarla meglio. Le passo la mano sulla pancia piatta fino al seno morbido e mi fermo lì, poi sposto le dita, stringendole il capezzolo. Lei sobbalza e io lo lascio andare, riportando la mano al centro del piacere continuando a spingermi dentro di lei, lentamente e in profondità. Poi tengo ferma la mano tra le sue gambe, lasciando che le sensazioni crescano in me. Ruby è incredibile, stretta e bollente e mi serve tutta la forza di volontà per trattenermi.

Si arcua contro di me, più volte, permettendomi di penetrarla più a fondo, mentre respira in fretta. Poi mi afferra la mano, costringendomi ad accarezzarla.

Io do una spinta, tenendola stretta a me e le mordicchio il collo. «Dimmi che cosa vuoi.»

«Le tue dita» ansima. «Giuro che sai che sono vicina e stai giocando con me!»

Io muovo lentamente il pollice e lei espira tremando. «È così bello giocare con te che non posso farne a meno.»

Ruby ringhia, frustrata, e io aumento la pressione. Lei mugola, e il mio tocco diventa più fermo, le mie spinte più veloci. Si arcua contro di me, allunga una mano dietro di sé e mi afferra i capelli.

«Tu verrai quando te lo permetterò io» le sussurro all'orecchio. Lei rabbrividisce e io la tengo ferma, appoggiando forte la mano tra le sue gambe, con il mio sesso sepolto in profondità dentro di lei. Ruby geme piano e si rilassa contro di me, arrendendosi. Nella mente mi lampeggia l'immagine di lei, legata, e mi spinge a muovermi, continuando con le mie spinte. *Cazzo, cazzo, cazzo. Rallenta.* Ho bisogno che venga con me.

L'accarezzo piano, permettendomi un'altra spinta profonda. I suoi gemiti diventano un lungo lamento che mi riempie le orecchie come un ruggito. Il suo corpo si serra intorno a me e le do ciò che le serve, mandandola oltre il punto di non ritorno. Ruby grida, con il corpo che rabbrividisce intorno a me. Continuo con le mie spinte, forti e profonde, correndo verso il mio orgasmo, con i suoi dolci gemiti che mi incitano e poi mi lascio andare, e il mio stesso orgasmo mi travolge con un'ondata di piacere. La tengo stretta mentre il mio corpo vibra e trema, continuando a muovermi. La sensazione è incredibile. Finalmente mi fermo, continuando a tenerla vicina.

Stiamo entrambi respirando in fretta, i nostri corpi sono scivolosi per il sudore. Ruby si affloscia. Significa che ho fatto bene il mio lavoro.

Le scosto i capelli dal viso e glieli porto dietro la spalla.

Lei mormora qualcosa, un suono felice. «Phillip?»

Le accarezzo ancora i capelli, mi piace la loro morbidezza di seta. «Che c'è? Lasciami indovinare. Vuoi ringraziarmi per una scopata più che soddisfacente.»

Ruby volta la testa per guardarmi, con le palpebre semichiuse. «Sai che questa te la farò pagare.» Si gira, sdraiandosi sulla pancia.

Io sorrido e accarezzo la curva dolce del suo sedere. «Non vedo l'ora.»

Nessuna risposta. Penso di averla sfinita di nuovo.

Ruby

È stato sbagliato invitare Phillip nella vasca da bagno per poi stuzzicarlo senza pietà, strofinandomi addosso a lui, accarezzandolo e poi chiedendogli di lavarmi prima di ritirarmi dall'altro lato della vasca? Si chiama vendetta, e nessuno la meritava più di lui. Lo eccita tenermi in ostaggio, a millisecondi dall'orgasmo e poi riportarmi al punto di partenza. Quindi l'ho tenuto in ostaggio io questa volta, per quasi un'ora, e mi piace, Dio se mi piace! Mmm, forse eccita anche me. Non sarebbe possibile essere meglio appaiati. Una fitta di tristezza buca la mia bolla felice. Andrò a casa presto e lui partirà per un tour mondiale chissà per quanto tempo? Un anno o più. Siamo così diversi e non ha senso che stiamo così bene insieme.

«Vieni qua, Ruby» m'invita dall'altra parte della vasca. «Questo champagne ha il tuo nome scritto sopra.»

Io non mi nuovo perché sospetto stia per dare il via alla sua forma privata di vendetta. Questo è il *mio* party. Phillip mi afferra la caviglia e dà uno strattone. Non abbastanza forte da farmi finire sott'acqua, solo abbastanza per incoraggiarmi. Ignoro il suggerimento e mi raccolgo i capelli in cima alla testa con un elastico che ho trovato in borsa. Phillip fa scivolare la mano sul mio polpaccio, verso il ginocchio, aprendomi le gambe. Un deciso passo avanti nel gioco della tortura sensuale.

«Sei subdolo» gli dico, finendo in fretta di legare i capelli.

Lui mi afferra la coscia e mi tira verso di sé nell'acqua, portando alle mie labbra il bicchiere di champagne. Ne bevo un sorso e lui beve dal mio bicchiere, con gli occhi acquamarina fissi nei miei. Potrei annegare in quegli occhi. Divento calda dappertutto, dalla gola al petto alla pancia, solo per quello sguardo.

Distolgo gli occhi per guardarmi intorno. «Dove sono i cioccolatini? Dovremmo averli con lo champagne.» Sono le prime ore del mattino, circa le quattro l'ultima volta che ho controllato. Il cioccolato sarebbe un'ottima colazione anticipata e ho fame.

Phillip non risponde, invece mi dà altro champagne, inclinando il bicchiere per farmene bere un bel sorso. Non m'importa. È delizioso, migliore di qualunque altro champagne abbia mai bevuto. Lui finisce il resto e rimette il bicchiere sul bordo della vasca.

Mi prende il volto tra le mani. «Ti dirò una cosa e non voglio che ti arrabbi.»

Sbatto le palpebre. Normalmente mi aspetterei cattive notizie, ma è impossibile dopo essere rimasta a mollo in questo bagno rilassante, dopo gli orgasmi multipli e aver bevuto champagne a stomaco vuoto. «Che cosa?»

Phillip ha un sorriso sulle labbra. «Non era una scatola di cioccolatini quella che mi sono fatto consegnare. Era una scatola di preservativi.»

Lo schizzo. «Phillip! Non vedevo l'ora di mangiare quel cioccolato!»

Lui ride e si toglie l'acqua dagli occhi. «Vuoi che ordini del cioccolato?»

«Dio no! Penserebbero che ci servono altri preservativi.»

«Sarò molto chiaro su ciò che voglio davvero.»

Arrossisco, immaginando la conversazione. *No, niente condom questa volta, stiamo ancora facendo buon uso degli altri, grazie. Sì, voglio del* cioccolato *nella scatola.* «No, grazie.»

«Okay.»

Mi porto le mani alle guance surriscaldate. «Sono così imbarazzata.»

«Tu mi desideravi veramente. Che cosa avrei dovuto fare? Lasciarti qui a sbavare mentre facevo un giretto in farmacia?» Phillip si porta la mano alla bocca e annuncia: «Ehi, tutti voi. Al principe Phillip Rourke servono preservativi.»

Mi metto a ridere.

Lui sogghigna. «Dovevo essere discreto.»

«Perché non mi hai detto che cos'erano?»

Mi afferra per la nuca e mi tira vicino per un bacio veloce. «Perché eri già nervosa per via delle guardie del corpo qui vicino e non volevo che ti agitassi ancora di più, sapendo che avevo chiesto al portiere di nascondere una dozzina di preservativi in una scatola di cioccolatini. Un altro motivo per cui è un bene che tu non capisca il francese. Posso sorprenderti con premurosi regali di preservativi.»

«È stato veramente premuroso da parte tua.» Gli sorrido. Non posso farne a meno. Il fatto che abbia tenuto conto dei miei sentimenti va oltre ciò che pensavo potesse fare un uomo. «Aspetta, non useresti il fatto che non parlo francese contro di me, vero?»

Lui si mette una mano sul cuore. «Mi ferisci. Ora ringraziami per i preservativi.»

Mi metto cavalcioni su di lui e gli avvolgo attorno le braccia e le gambe. «Grazie.»

Lui mi scosta i capelli dal viso, mettendoli dietro le orecchie e mi appoggia una mano sulla guancia. «Quando sei con me, devi abituarti a essere sotto l'occhio del pubblico. E a fare le cose in un modo un po' diverso.»

«Tipo ordinare i preservativi mascherati da cioccolatini.»

Phillip mi bacia, sorridendomi contro la bocca. «Esattamente.»

E poi lo bacio appassionatamente, con tutto ciò che provo per questo uomo meraviglioso. C'è solo desiderio, e una fame che cresce più intensa ogni volta che ci uniamo. Ne ho bisogno. Ho bisogno di lui.

Ore dopo, esco dalla doccia e mi avvolgo in un morbido asciugamano bianco. Phillip è ancora nella doccia, con le mani contro la parete di piastrelle e la testa bassa mentre riprende fiato. Sono piuttosto soddisfatta del lavoro che ho fatto lì dentro. È un gioco divertente. Dopo il bagno siamo tornati a letto, abbiamo fatto l'amore, dormito, fatto di nuovo l'amore e poi ore dopo siamo finiti nella doccia. Gli ho appena fatto un pompino da cui non si riprenderà tanto presto. Era solo giusto, visto che in precedenza mi aveva educatamente chiesto il permesso di legarmi al letto per poi reclamare il controllo dei miei orgasmi. Giuro di aver perso i sensi dopo il quinto.

Prendo un altro asciugamano e gli frusto il sedere. Lui si raddrizza e mi guarda con gli occhi stretti.

«Muoviti, Rourke. Dobbiamo vestirci per poter andare a mangiare qualcosa.»

Lui afferra l'asciugamano, se lo avvolge intorno alla vita e si avvicina, invadendo il mio spazio personale. «Il potere ti ha dato alla testa.»

Sorrido. «Esatto. Puoi solo biasimare te stesso. Mi hai insegnato tu quel gioco.»

Lui si avvolge i miei capelli intorno al pugno e li tira alzandomi il volto per un bacio. «Mi è piaciuto moltissimo.» Solo che sembra stia dicendo *ti amo*. Feroce, intenso, sentito.

Lo fisso, studiando i suoi lineamenti, con il cuore che mi batte nelle orecchie. Nessuno dei due l'ha detto chiaramente. Mi terrorizza e mi rende euforica allo stesso tempo.

Phillip mi fissa. «Vieni con me nel tour della Global Sun Water.»

Ingoio il groppo di emozione che ho in gola. «Phillip, so che abbiamo passato una notte meravigliosa insieme, ma eravamo d'accordo che ci fosse un limite.»

«Sono solo cinque settimane.»

«Devo tornare a casa.»

Lui mi lascia andare i capelli e io esco dalla stanza da bagno piena di vapore, cercando i miei vestiti, che non indosso da quando siamo entrati nell'oasi di questa stanza d'albergo.

Phillip mi osserva per un momento e poi si volta, raccogliendo i suoi abiti. Ci vestiamo in silenzio.

Si torna alla realtà.

Ordina il pranzo dal servizio in camera. Adesso l'atmosfera è imbarazzata. Io mi torco le mani. Odio essere arrivati a questo punto dopo tutto il bello e, sì, il vero affetto che c'è stato tra di noi.

«Vado a controllare le guardie» dice ed esce.

Io vado alla finestra, senza vedere realmente niente, di colpo esausta. Ho dormito solo a brevi intervalli la notte scorsa. Non so come, ma so che una lunga notte di sonno non basterà per cancellare il peso che sento nelle gambe. Devo andare a casa. Ho una vera opportunità di carriera che mi aspetta. La mia sorellina arriverà presto. La mia carriera e la mia famiglia sono importanti per me. E non m'illudo che sarebbe più facile lasciare Phillip dopo altre cinque settimane insieme. Mi sto innamorando di lui e i sentimenti diventerebbero solo più profondi. Non significa che da parte sua ci possa essere un impegno. Tutto ciò che otterrei sarebbe restare ferita. E non sono pronta a tornare in quel baratro scuro.

Ho fatto la cosa giusta rifiutando. Sento lo stomaco annodato, respiro a fondo, tremando. Per quanto sia orribile in questo momento, la risposta dev'essere no.

Phillip ritorna qualche minuto dopo. Mi prende per mano e mi guida al divano, sedendosi accanto a me. «Ascoltami. Ti sto solo chiedendo cinque settimane del tuo tempo. Vieni con me solo per il tour della Global Sun Water. Tutto spesato. Niente legami. Poi potrai tornare a casa e io comincerò il mio lavoro con l'ONU.»

Chiudo gli occhi per un momento, lacerata dalla sincerità nella sua voce. È tanto più facile dire no quando non lo sto guardando. Mi rammento che non c'è modo di prolungare il nostro tempo insieme senza un rischio molto più grosso per i nostri cuori. Rimanderà solamente l'inevitabile rottura. Rischio di dargli un'occhiata. I suoi occhi sono fissi su di me, la sua espressione è speranzosa.

Espiro rumorosamente. «Phillip, la mia carriera sta cominciando proprio adesso a tornare in pista. Ci sono sedici amiche di Anna che vogliono avere un consulto con me, a casa loro. Sarà la prima volta in cui potrò essere un'imprenditrice e potrei avere successo. Dopo aver toccato il fondo, significherebbe moltissimo per me dimostrare che valgo qualcosa. E sai che sta per arrivare la mia sorellina. Voglio far parte della sua vita. Avere una parte importante. Devo andare a casa.» Tralascio di parlare dell'inevitabile crepacuore. Il mio cuore si sta già spezzando solo al pensiero che questo sarà un addio.

«Le tue nuove clienti possono aspettare cinque settimane. Tua sorella non arriverà per altri quattro mesi. Potremmo continuare questa incredibile esperienza insieme. Ti è piaciuta, vero?»

Forse ho mal interpretato le sue intenzioni. Eccomi qui, a sguazzare nelle emozioni più profonde mentre per lui si tratta solo di un prolungamento di Parigi, casuale e divertente. Mi piacerebbe potermi godere il momento come lui. Anche così, concedermelo, e accettare di passare con lui altre cinque settimane, mi cambierebbero. Mi innamorerei al cento per cento. Sarebbe impossibile proteggere il mio cuore. Il rischio è troppo grande. Non vedo come potrebbe funzionare tra di noi a lungo termine, con le nostre vite così diverse, anche presumendo che lui voglia veramente una relazione. E non ne sono così sicura.

«Phillip…»

«Rispondi solo alla domanda.» Mi appoggia la mano sulla guancia e le sue dita accarezzano il punto sensibile sotto l'orecchio, facendomi rabbrividire. «Ti è piaciuto?»

«Sì» mormoro. Non riesco a resistere al suo tocco, non posso fare a meno di sciogliermi.

Il suo sorriso lampeggia. «Allora continuiamo così. Perché rinunciare a una cosa bella?»

Deglutisco rumorosamente, obbligandomi a chiedere. «Vuoi dire che questa sarebbe la nostra bolla Global Sun Water?» Ho bisogno di sapere a che cosa sta pensando: a qualcosa di casuale oppure a qualcosa di più.

Phillip si china verso di me, guardandomi negli occhi. «Basta bolle. Siamo tu e io. So che il momento non è quello giusto, visto che stiamo entrambi andando in diverse direzioni. So che hai una vita a casa tua. Ma, Ruby, provo dei sentimenti, profondi e se li provi anche tu, penso che dovremmo provarci. Solo un po' più di tempo.»

Il mio cuore sta tuonando in petto, spaventato eppure speranzoso. Non sono da sola in queste acque profonde. Forse, solo forse, è un rischio che vale la pena di correre. «E poi?»

Lui mi mette attentamente una ciocca di capelli dietro l'orecchio e quel gesto gentile è la mia rovina. «Ci penseremo quando sarà il momento. Intanto godiamoci questo momento. Puoi farlo?»

Mi mordo il labbro con gli occhi che bruciano per le lacrime. Desidero tanto godere questo momento, perché significa che posso avere lui. «Ho bisogno di un po' di tempo.» Mi alzo. «Vado a fare una passeggiata. A schiarirmi le idee.»

«Ma sta arrivando il pranzo.»

«Mangerò qualcosa mentre sono fuori.»

Lui estrae il portafogli e mi consegna qualche banconota. «Io sarò qui. Prenditi tutto il tempo di cui hai bisogno. Chiamami se ti perdi.»

Prendo le banconote. Ho ancora solo valuta americana. «Grazie.»

Prendo la giacca e la borsa e mi precipito fuori dalla porta. Le guardie mi rivolgono un cenno di saluto ma non sembrano comunque sorprese dalla mia partenza improvvisa. Non so se stessero ascoltando oppure se tutte le donne di Phillip se ne vanno dopo la loro notte insieme. *Smettila. Lui tiene a te.*

Ho bisogno di mangiare per poter pensare chiaramente. Mi fermo a una piccola pasticceria e prendo un croissant al cioccolato e un caffè. È esattamente ciò di cui ho bisogno, il croissant è burroso e dolce, la caffeina mi sveglia.

Do un'occhiata intorno e mi dirigo verso un parco in lontananza. Una volta lì, percorro ogni sentiero e poi torno indietro, finché decido di fermarmi e mi siedo su una panchina. Se vado a casa, dalla mia famiglia per costruire la mia attività, significherà lasciarmi indietro Phillip per sempre. Mi si stringe la gola. Sono già così presa da lui che so che sarà difficile. Vedrò ogni tanto il suo volto nei notiziari mentre è occupato nelle sue opere di carità, quando presta il suo nome e il suo caldo tocco personale a una causa meritevole. Parigi e il tempo passato a Villroy saranno un ricordo prezioso, dolceamaro. Ma se dovessi accompagnarlo per le cinque settimane del tour Global Sun Water, creando altri ricordi, alla fine la conclusione sarebbe la stessa, con me che vado a casa senza di lui.

In un modo o nell'altro, Phillip resterà per me un ricordo prezioso e dolceamaro.

In un modo o nell'altro, io finirò da sola.

In un modo o nell'altro, sono innamorata di lui.

È così. È troppo tardi per proteggere il mio cuore. L'unico dubbio che mi resta è se cambierebbe qualcosa durante quelle cinque settimane che potrebbe far sì che alla fine io non resti da sola. Come ha detto Phillip, vale la pena di correre quel rischio per darci una possibilità? Esiste un modo in cui potremmo avere un futuro insieme?

Lui diventerà un ambasciatore dell'ONU per l'acqua pulita e viaggerà ovunque lo manderanno. Io ho una vita a Tampa e, lì, lui sarebbe sprecato. Lui appartiene alla scena mondiale e io sarei semplicemente uno sfondo, un'appendice al suo lavoro. Io voglio qualcosa per me stessa. Dov'è il punto d'incontro?

Sono solo cinque settimane, sussurra una voce nella mia testa. *Afferra tutta la felicità che puoi.*

Mi alzo lentamente. Voglio essere felice.

Voglio Phillip.

È tutto ciò che conta. Ciò che abbiamo è speciale. Mi godrò il momento perché i momenti sono tutto ciò che abbiamo. Non c'è niente di sicuro nella vita e per l'amore vale la pena di correre rischi.

Mi volto e cammino svelta verso l'albergo, con il cuore che galoppa, le guance rosee e una nuova leggerezza nel passo. Mi rendo conto di colpo che sto sorridendo. Mi affretto ad attraversare l'atrio, a tornare nella nostra suite e bussare alla porta.

«Sono Ruby.» Non ho la chiave.

Sento Rafe che abbaia dietro di me: «Ruby per lei, signore.»

Conferma della guardia del corpo, fatto. La porta si apre e Phillip mi studia il viso.

Entro e la porta si chiude alle mie spalle. Alzo le braccia, con un enorme sorriso sul volto. «Sì!»

«Ruby.» Quell'unica parola contiene così tante cose: calore, gratitudine, felicità. Mi abbraccia e io mi sciolgo contro di lui, mettendogli le braccia intorno alla vita e appoggiandogli la guancia sul petto, invasa da un profondo senso di felicità. Questo è il nostro momento ed è perfetto. Non ho dubbi, so che sono importante per lui quanto lui lo è per me. Non voglio pensare al futuro. Devo godermi questo momento.

Phillip mi bacia la testa. «Ho un bel presentimento. Grazie.»

Lo guardo e cerco di alleggerire l'atmosfera. «Non ringraziarmi. Probabilmente ti stancherai di me.» *Probabilmente ci distruggeremo a vicenda.* Ricaccio in fondo la paura. Il presente è ciò che importa. Non riesco a credere a ciò che sto per fare. È come la scarica di adrenalina quando il vagoncino delle montagne russe sale poco per volta verso la sommità di un'altissima torre, e si sa che poi scenderà a precipizio verso il basso. *Sto precipitando, baby.*

«Non potrei mai stancarmi di te.» Mi abbraccia stretta e io mi rilasso. È possibile avere paura quando sto così bene tra le sue braccia?

Phillip si raddrizza. «Ci saranno molti giornalisti e fotografi. Non nego che gioverà alla mia reputazione farmi vedere con te per cinque settimane di seguito dopo tutta quella faccenda del *royal hottie*. Ti dispiacerebbe se lasciassimo credere alla gente di avere una relazione stabile?»

Annuisco, mi piace la direzione di questo discorso. «Sono lieta di aiutarti a ripristinare la tua reputazione. Che cosa dovrei fare? Fingere di essere fidanzati o roba simile?»

«No. Non dovrai mentire. Solo guardarmi adorante, come fai di solito.» Ammicca e io rido. *Lo faccio davvero?* Dovrei essere imbarazzata, ma Phillip mi piace troppo per fingere qualcosa di diverso. «La stampa e le riviste di pettegolezzi si inventeranno la loro versione degli eventi. Sarà utile farci vedere assieme mentre facciamo un buon lavoro per tutte le cinque settimane del tour.»

«Wow, io in un tour mondiale. Figo!»

Phillip fa una smorfia. «Non sarà una vacanza. Alcuni dei posti saranno primitivi ma la gente è meravigliosa.»

«Dove andremo?»

«Africa, Sud-est Asiatico, Medio Oriente e India.»

Whoa. «Sapevi che venire a Villroy è stato il mio primo viaggio fuori dagli USA?»

«No. Finora ti è piaciuto viaggiare con me?»

«Moltissimo.»

Phillip sorride e i suoi occhi sono così dolci quando mi guarda che riesco a sentire l'amore. Tutto si accende in me, il mio cuore è pieno da scoppiare. Mi chino lentamente e lo bacio. Un altro momento perfetto. Li collezionerò come perle su una collana e ne farò tesoro, come il prezioso regalo che sono. Momento dopo momento, perla dopo perla, e nessuno potrà portarmeli via.

11

Phillip

Torniamo a palazzo sabato, in tempo per unirci a Gabriel, Anna, e alle sue ospiti per la cena nella stanza da pranzo formale. Siamo rimasti più a lungo del previsto a Parigi perché avevo dovuto portare Ruby da un medico per la vaccinazione contro la febbre gialla e per ottenere un certificato di buona salute. Spero che quando avrà visto il lavoro importante che faccio con il Global Sun Water si unisca anche lei alla causa e mi accompagni nel prossimo viaggio per l'ONU. Diventerà la nostra missione. So che vuole "dare prova di se stessa" con la sua attività, ma non c'è paragone tra arredare una casa e portare acqua pulita alla gente che ne ha un disperato bisogno. Il mio lavoro è più importante e può diventare anche il suo. Troveremo il tempo per andare a visitare la sua famiglia. Non le mancherà mai niente. Sbuffo. Sto andando troppo oltre perché…

Sono innamorato di lei.

Lo so io e sono sicuro che lo sappia anche lei. Non ho più voglia di negarlo, di preoccuparmi del rischio. È semplicemente un fatto. In qualche modo, la mia incapacità a impegnarmi non entra in gioco quando si tratta di Ruby. Lei s'inserisce così facilmente, così naturalmente nella mia vita. Sono veramente felice per la prima volta da molto tempo.

Sono pronto a impegnarmi, completamente e farò del mio meglio per coinvolgerla. Anna dovrà semplicemente accettarlo. Sinceramente, una volta lasciata Villroy, ero troppo preso da Ruby per pensare all'avvertimento di Anna di tenere le mani a posto. Non importa. Amo Ruby e non la ferirei mai.

La guido a una sedia accanto a quella su cui si siederà Anna a capotavola con Gabriel, e la estraggo dal tavolo per lei. Anna e Gabriel arriveranno a momenti. Le amiche di Anna stanno entrando a una a una, chiacchierando eccitate.

Ruby mi guarda adorante. Non ho bisogno delle parole quando è scritto sul suo bel viso. Mi ama.

«Grazie» dice, sedendosi. «La scuola di addestramento dei principi deve includere delle ottime lezioni di buone maniere.»

Rido e mi siedo accanto a lei. «E anche molto altro.»

Lei si china verso di me e mi bacia. «Come se non lo sapessi.»

«Oh mio Dio!» strilla una delle donne. «Voi due siete insieme? Dev'essere stato un appuntamento da favola!»

È la donna dai capelli neri che ha fatto un'offerta esagerata per me. «Sì, siamo insieme» le dico. «Mi dispiace, ho dimenticato il tuo nome.»

«Mindy.»

«Grazie per la tua offerta, Mindy. È tutto per una buona causa. So che Anna è contenta.»

Lei annuisce e si rivolge a Ruby. «È vero che ti ha portato a Parigi?»

Ruby sorride un po' tesa. «Sì, cena a Parigi e Phillip mi ha fatto da guida.»

«Wow. Gli altri principi sono rimasti sul posto. Picnic sulla spiaggia, cena privata nella sala da pranzo reale, quel genere di cose. Sei stata fortunata.»

«Sì. Beh.» Ruby diventa rosso fuoco e mi guarda come per dire *aiutami a venirne fuori*.

Sorrido a Mindy. «Ruby è arrivata prima di voi per dare una mano ad arredare la suite degli ospiti. Abbiamo potuto conoscerci bene durante il suo soggiorno. Ecco perché il nostro appuntamento è stato più elaborato degli altri.»

Mindy annuisce. «Ruby, non vedo l'ora di avere il tuo consulto. Ho appena comprato una casa ed è praticamente una lavagna vuota. Sono impaziente di vederti fare la tua magia.»

«Certamente!» dice Ruby. «Anch'io non vedo l'ora. Sarò di ritorno a Tampa all'inizio di novembre. Tra circa cinque settimane. Va bene?»

Mindy non sembra contenta. «Accidenti. Speravo veramente di avere dei mobili prima del Giorno del Ringraziamento. Quest'anno tocca a me ospitare tutti.»

«Potrei aiutarti per email, oppure, se mi fai sapere che cosa ti piace, forse potrei preparare qualche idea prima che parta.»

«Non c'è molto tempo. Parto domani.»

«Mi dispiace» dice Ruby. «Tienimi presente per quando tornerò. Sono veramente impaziente di lavorare con te.» C'è un accenno di disperazione nella sua voce.

«Certo» dice Mindy, sorridendo appena.

Ruby si alza e va a parlare con le altre donne, probabilmente nel tentativo di blindare le nuove clienti. Sta sorridendo radiosa ma si vede che è tesa. Ha paura di perderle. Se è con me, non avrà bisogno di lavorare. Ma lo tengo per me. Vuole dimostrare di valere, ma ci sono altri modi per farlo, più importanti.

Quando ritorna a sedersi, le sussurro. «Cerca di non sembrare disperata. Meglio sembrare fiduciosa, come se fossi già un successo.»

Ruby mi mostra i denti e sussurra. «Io *sono* disperata. Ho bisogno del lavoro.»

Un servitore apre la porta della sala da pranzo e annuncia. «Le loro Maestà, re Gabriel e la regina Anna.»

Ci alziamo tutti in piedi. Io chino la testa, rivolto a entrambi, e indico di imitarci alle amiche di Anna, che non sono abituate al protocollo reale. Ruby china la testa e fa una riverenza e le donne la imitano. Gabriel indossa un abito grigio chiaro per questa cena. Anna un abito nero aderente, senza maniche. Ora che è lei la regina, ha dichiarato che esporre le spalle è accettabile per le donne della famiglia reale, anche se ha ceduto al protocollo e porta abiti poco scollati, da quando le riviste di pettegolezzi si sono scatenate, mostrando una serie di fotografie in cui appariva in abiti succinti. Si è detta d'accordo che non voleva quel tipo di attenzioni sulla monarchia di Villroy anche se era dell'opinione che fossero tutti dei somari repressi. Ciò che le preme è il futuro di Villroy.

Gabriel cammina al suo fianco, con la mano appoggiata sulla schiena, guidandola verso i loro posti. È un re, discendente da una lunga dinastia reale e il suo posto è a capotavola, con lei al suo fianco.

Aspetta che lei si segga prima di sedersi anche lui. «Prego, sedetevi» dice Gabriel con un sorriso al resto di noi. «È bello rivedervi.»

Wow. Gabriel non aveva mai sorriso tanto prima di Anna. È una gioia vederlo.

Anna sorride radiosa. «Grazie a tutte per essere venute e aver aiutato me e Gabriel con il nostro progetto. È grazie a voi che saremo in grado di continuare con la fase successiva, la day-spa e la linea di prodotti di bellezza naturali. E siete tutte invitate a tornare quando sarà completato per dei trattamenti gratuiti. Voglio che siate le mie prime ospiti!»

Le donne ringraziano e parlano tutte assieme.

«Grazie!»

«Sei la migliore!»

«Anna, sei favolosa!»

«Ah» dice Anna. «Non ringraziatemi ancora. Sarete le mie cavie segrete. So di poter contare sulla vostra sincera opinione su tutto. Inoltre siete tutte veterane delle spa.»

Le donne sono eccitate, tutte eccetto Ruby che sembra preoccupata. Forse sta ancora pensando alla potenziale perdita delle sue nuove clienti.

Arrivano i servitori con la prima portata e le donne si calmano.

Anna è accanto a Ruby e si china oltre lei per guardarmi. «Phillip, Ruby mi dice che ti sei comportato bene con lei. Continua così, per favore.»

«Sì, Maestà» dico in tono solenne.

Lei ride. «Okay, puoi dirlo, ti ho giudicato male. Sarò

contenta fintanto che Ruby sarà felice. E, Ruby, sono così eccitata perché lo seguirai nel suo tour!» Ruby l'aveva chiamata per informarla del cambio di programma e immagino che le abbia anche parlato della nostra relazione. Ho una relazione. E stranamente, l'idea non mi fa sentire inorridito come in passato. Al contrario, mi sembra semplicemente meraviglioso.

«Sono veramente entusiasta per il tour.» Ruby abbassa la voce e io mi chino verso di lei per ascoltare. «Temo però che, una volta tornata a casa, non avrò una carriera ad aspettarmi. Ero eccitata all'idea di avere nuove clienti. Finora le tue amiche non sembrano molto disposte ad aspettarmi. Le capisco. Sono entusiaste e quando arriverò a casa il periodo delle feste sarà molto vicino, il Giorno del Ringraziamento, Natale e Capodanno. Non vogliono avere la casa per aria mentre cercano di godersi le festività, quindi significherà un'attesa più lunga.»

Anna mi dà un'occhiata carica di significato. Non so che cosa vuole che dica, quindi parlo col cuore. «Vale la pena di aspettarti, Ruby. Lo capiranno.»

Ruby sbuffa e mi sussurra. «Non è così semplice. Agli americani non piace aspettare. Sono abituati alla gratificazione immediata. Si rivolgeranno a qualcun altro.»

«Allora troverai altro lavoro.»

Anna concorda. «Cadrai in piedi, Ruby. Mi piacerebbe offrirti un lavoro qui, ma temo che ci vorrà un bel po' prima di arrivare al punto in cui avremo di nuovo bisogno di una decoratrice d'interni.»

«E io ti aiuterò a trovare lavoro» le dico. «Un lavoro migliore.»

Ruby mi guarda dubbiosa. «Che cosa intendi per un lavoro migliore?»

Esito. Non voglio dirle senza mezzi termini che il suo lavoro non è importante ma, guardando le cose in prospettiva, non lo è. «Aspettare cinque settimane non ha mai rovinato una carriera.»

Lei apre la bocca e poi la richiude. «Questo non è il posto per parlarne.»

«Sono d'accordo.»

Ruby inforca un gamberetto. «Ma non sono sicura che tu capisca molto di carriere, essendo un principe.»

Anna spalanca gli occhi e si volta a parlare con Gabriel. Ruby *è stata* un po' acida. Non ho intenzione di litigare con lei. Capirà presto qual è la strada giusta.

Passo ad argomenti più pressanti. «Domani studieremo l'itinerario con l'addetto stampa. Ci accompagnerà, insieme alle guardie del corpo e al mio valletto. Vuoi portare una cameriera con te?»

«No, grazie. Me la caverò da sola.» Ancora acida.

Cerco di usare un tono scherzoso. «È perché la tua cameriera ha una cotta per me e tu sei sopraffatta dalla gelosia?»

Lei mi dà un'occhiata di sottecchi e io sorrido. Scuote la testa, sorridendo. «Ti stai montando la testa.»

«Ho le spalle abbastanza larghe per sostenerla.»

Anna coglie il mio sguardo e mi sorride. M'incoraggia sapere che approva la nostra relazione, dopo avermi detto di tenere le distanze. Ruby avrà già un'amica all'interno e renderà più facile la sua transizione alla vita di corte. Tutto ciò che mi serve è cementare la nostra relazione nelle prossime cinque settimane. E tutto comincia adesso.

Mi sposto per sussurrarle all'orecchio. «Starai nella mia suite a palazzo a partire da stanotte.»

Lei mi risponde sussurrando, in tono feroce. «Ogni tanto potresti fare le tue richieste sotto forma di domande, *Altezza*. Altrimenti sembri pretenzioso ed è irritante per una donna dalla mentalità indipendente come me. Solo per tua informazione.» Non mi chiama mai "altezza", non l'ha fatto nemmeno quando ci siamo incontrati la prima volta e sarebbe stato corretto. Dev'essere veramente arrabbiata per questa faccenda delle potenziali clienti.

«Ma non è una domanda» la informo. «È un dato di fatto.»

«Ti piacerebbe stare nella mia suite?» mi chiede.

«No, tesoro. Starai tu nella mia.»

Lei mi fissa, studiandomi il viso. «Non riesco a capire se sei deliberatamente ottuso, oppure se sei talmente abituato a ottenere ciò che vuoi che non sai come comportarti diversamente.»

Mi dedico al mio cocktail di gamberetti. Entrambe le alternative mi sembrano pessime. E comunque era la prima alternativa. Posso essere molto conciliante, ma non con lei. Almeno finché le cose tra di noi non saranno consolidate. Le darò tutto ciò che vuole purché sia al mio fianco.

Lei si china verso di me. «Dirò, e sono generosa, che sei deliberatamente ottuso perché mi desideri veramente tanto. Più che altro perché mi fa sentire meglio pensarlo. Se dovessi scoprire che sei uno stronzo pretenzioso, beh, con me non funzionerà.»

Scuoto la testa. «Mi ferisci, ancora una volta, Ruby. Ora ringraziami per il gentile invito.»

Lei volta di colpo la testa verso di me. Io mi sforzo di tenere il volto impassibile e lei scoppia a ridere. Non riesce a restare arrabbiata con me perché mi ama.

«Ci sono così tante cose per cui ringraziarti» dice con un sorriso.

«Sono veramente principesco, se ci pensi.»

Lei si appoggia al mio fianco per un momento, premendo la spalla contro il mio braccio prima di raddrizzarsi e bere un sorso di vino.

«Mi sono procurato un'altra scatola di cioccolatini.»

Lei si soffoca con il vino e io le do un colpetto sulla schiena. Sa che cosa intendo dire veramente.

«Cinque scatole, in effetti» aggiungo. «È un viaggio lungo.»

«Va tutto bene lì?» ci chiede Anna.

Annuisco. «Tutto bene. Le è solo andato il vino di traverso.»

Ruby alza un dito, continuando a tossire. Dopo un po' si calma, si asciuga gli occhi e dice ad Anna. «Tuo cognato ha un perfido senso dell'umorismo.»

«Ah, davvero?» chiede Anna appoggiando il mento sulla mano. «Che cosa c'era di così divertente?»

Ruby guarda me. Io tengo la bocca chiusa. Non ho intenzione di rivelarlo ad Anna.

«Oh, allora è qualcosa di sconcio» dice Anna, poi si rivolge a Gabriel. «Hanno già i loro sporchi segretucci.»

«Salotto» dice Gabriel in tono severo.

Non so esattamente che cosa voglia dire. Vuole che lo raggiunga in salotto? È un accenno a buone maniere da salotto?

Anna allunga la mano sotto il tavolo e Gabriel sobbalza. «Va tutto bene, tesoro? Un alligatore ti ha colto di sorpresa?»

Ruby ride. «Abbiamo un mucchio di alligatori in Florida. Bisogna sempre stare attenti a non lasciare i cagnolini in giardino altrimenti gli alligatori arrivano quatti quatti e se li mangiano.»

Gabriel dà un'occhiataccia ad Anna, che gli sorride dolcemente.

È perfetta per lui, esattamente come Ruby è perfetta per me. E tutto ciò che mi resta da fare è chiarire che possiamo lavorare insieme per un fine più grande.

Ruby

Il nostro primo stop è in Tanzania. Siamo fortunati ad aver potuto prendere il jet privato, quindi quella parte del viaggio non è stata molto faticosa. Prima ci siamo incontrati con la gente della Global Sun Water, che arrivavano dall'Inghilterra. La loro ONG è nata nel dipartimento di ingegneria di un'università. Phillip li saluta con calore e mi presenta come "la sua ragazza e sostenitrice della causa". Mi accolgono come se fossi una di loro. Hanno bisogno di tutto l'aiuto possibile. Visiteremo alcuni villaggi dove sono già state installate le pompe a energia solare, per controllare che funzionino bene e fare le riparazioni, dove necessario, e altri che riceveranno le pompe per la prima volta. Ci spiegano che hanno addestrato la gente del posto per effettuare la manutenzione, ma non è sempre facile far arrivare la parti di ricambio. Molte vengono rubate prima di arrivare a destinazione.

Prima di partire per il primo villaggio, vado con Phillip a incontrare il presidente della Tanzania e alcune persone importanti della sua amministrazione. C'è un pranzo formale e Phillip sembra nel suo elemento. Io faccio del mio meglio per confondermi e seguo il suo esempio in fatto di maniere e saluti. Ma è solo quando arriviamo al primo villaggio, dopo un lungo viaggio in jeep attraverso la savana, caldissima e polverosa, che vedo Phillip spogliarsi della sua identità di principe. È una rivelazione.

I bambini corrono incontro alla nostra jeep quando ci avviciniamo al villaggio e Phillip sorride e li saluta con la mano. Parcheggiamo e le guardie, Henry e Rafe, scendono per primi, cercando di far arretrare i bambini. Gli adulti del villaggio restano indietro e ci osservano. C'è un grande casa comune e parecchie casupole, senza porte o finestre, solo un tetto. In lontananza, il sole si riflette sui pannelli solari che alimentano la pompa.

Phillip scende dalla jeep, mi tende la mano e poi invita a bassa voce Rafe a farsi indietro, prima di salutare i bambini. «Salve? Come state tutti?» Allunga entrambe le mani e i bambini si affrettano ad avvicinarsi per battere il cinque. È evidente che l'hanno già fatto in passato, probabilmente è lui che gliel'ha insegnato. «Questa bella signora è Ruby. Dite ciao, Ruby!»

«Ciao, Ruby» dicono in coro i bambini.

«Ciao a tutti.» Sorrido e saluto con la mano. Sono già fradicia di sudore, anche se indosso un abito di lino, cappello e sandali. Anche Phillip sta sudando con la camicia e pantaloni di lino. Mi sorride e poi guarda una figuretta all'ombra del portico della casa comune. «David!» Poi si rivolge a me. «Vieni a conoscere David.» Va verso il portico dove c'è un ragazzino su una sedia a rotelle che ci sorride timidamente. Probabilmente ha cinque o sei anni. Le sue gambe si fermano alle ginocchia.

Phillip si accuccia per guardarlo negli occhi. «È bello rivederti, David. Ho portato la mia amica Ruby.»

David mi sorride e parla a Phillip, incespicando un po'. «Riesco a leggere un capitolo. Mi sono esercitato.»

«Bene, sentiamo. Hai il tablet con te?»

David annuisce e indica dietro di sé.

Phillip si alza e controlla la sacca dietro lo schienale della sedia a rotelle, estraendo un tablet. Lo consegna a David e si mette su un ginocchio per ascoltare, con la testa china verso il terreno.

David preme un paio di tasti e comincia a leggere la storia di un cucciolo dispettoso. È penosamente lento e si ferma alcune volte, all'inizio, incespicando su alcune parole difficili. Phillip alza la testa appena David comincia a sembrare più sicuro e ascolta attentamente, annuendo ogni tanto per incoraggiarlo.

Quando finisce, David si appoggia il tablet sulle gambe.

«Brillante!» esclama Phillip. «Impressionante. Non leggevo così bene fino ai sei anni, e tu ne hai solo cinque.»

David sorride felice.

«Continua così» dice Phillip. «Ricorda ciò di cui abbiamo parlato. Educazione significa opportunità e che cosa significa opportunità?»

«Un buon lavoro» dice David.

«Giusto. Vuoi vedere gli ingranaggi della pompa? Stiamo andando a smontarla e cincischiare un po'.»

«Sì!» esclama il bambino.

Phillip rimette il tablet nella sacca e spinge la sedia verso la pompa, facendomi segno con la testa di unirmi a loro. Si radunano altri bambini per guardare, solo che adesso hanno in mano i loro tablet e stanno raccontando a Phillip che cosa stanno imparando.

Sto indietro, osservando Phillip che parla con i bambini e alcuni degli adulti che si occupano della manutenzione della pompa. Fa sentire speciale ognuno dei piccoli. Le mie ovaie stanno esplodendo. Ricorda un mucchio di nomi e senza farsene accorgere li tiene lontani dai lavoratori. L'addetto stampa fa alcune fotografie e mi invita ad avvicinarmi a Phillip.

Mi faccio strada tra la folla dei suoi ammiratori. Phillip si volta a guardarmi. «Guarda che cosa sta facendo Emmanuel online. Ha già cominciato con l'algebra, e ha solo dieci anni!»

«Wow, grande! Quindi state tutti studiando online? Oppure andate a scuola?»

«Entrambe le cose» dice una donna. «Salve, sono Irene. Gestisco la scuola e adesso con i computer e i tablet che sua altezza il principe Phillip ci ha fornito, possiamo migliorare, imparare di più online.»

«È meraviglioso.» Guardo Phillip che mi sorride modesto. Non ha mai parlato del suo progetto di portare la tecnologia nelle scuole.

«Oh, sì» dice Irene con entusiasmo. «E adesso anche le ragazze vengono a scuola.»

Spalanco gli occhi. «Prima no?»

Lei abbassa la voce. «Prima erano necessarie per andare a prendere l'acqua.» Indica la pompa. «Ora ci pensa la macchina quindi possono venire a scuola.»

«Sono così contenta di saperlo» dico, anche se sono un po' sorpresa. Non avrei mai pensato che le ragazze non potessero frequentare la scuola perché dovevano provvedere all'acqua per il villaggio. È sessista e ingiusto, e mi fa infuriare, in quanto donna. Allo stesso tempo, è questione di sopravvivenza, e non mi sono mai trovata in una situazione simile in tutta la mia vita. Probabilmente, per permettere la sopravvivenza di tutti, ciascuno nel villaggio ha un suo ruolo specifico. Per tutta la mia vita ho dato per scontato di avere cibo, acqua e un tetto, perfino la scuola. Il mondo è appena cambiato davanti ai miei occhi, che si sono aperti per la prima volta davanti alla realtà di un tipo di vita molto diverso.

Ce ne andiamo un'ora dopo, diretti a un altro villaggio, che riceverà una pompa a energia solare per la prima volta.

Mi siedo sul sedile posteriore della jeep con Phillip. Sta salutando i ragazzi che corrono di fianco alla jeep per un po'. Poi ci allontaniamo troppo e i ragazzi si fermano.

«Non sapevo che l'acqua fosse legata all'educazione per le ragazze» gli dico. «Sono rimasta sbalordita.»

Lui annuisce. «È uno dei vantaggi che considero più importanti, a parte il bisogno primario di avere acqua. Normalmente, la gente del villaggio dipende dalle ragazze che percorrono lunghi tratti ogni giorno per prendere l'acqua da fonti a volte molto lontane e la riportano in grandi, pesanti giare. Ci vogliono parecchi viaggi, un lavoro duro, da spezzare la schiena, per ottenere tutta l'acqua necessaria e questo significa non avere tempo per la scuola. Un altro vantaggio è l'enorme diminuzione delle malattie legate all'acqua inquinata.»

«E la parte tecnologica dell'educazione è stata una tua idea?»

Phillip mi prende la mano. «È stata una cosa naturale quando mi sono reso conto di come fossero connesse l'acqua e l'educazione.»

«E chi l'ha finanziato?»

«Io, all'inizio, ma sono riuscito a ottenere finanziamenti dalle fondazioni, grazie alla Global Sun Water.»

«Mi dispiace di aver detto che avevi un ego enorme.»

Lui mi sorride. «Forse è vero.»

«Hai un gran cuore, invece.» Metto la mano sul suo cuore. «Sei meraviglioso.»

«Oh, beh, adesso mi monterò veramente la testa.»

«Non scherzare. Sono seria. Il lavoro che state facendo è incredibile e la tua parte è impressionante. Sono seriamente incantata.»

Phillip scuote la testa. «Non è il caso. Più che altro sono un facilitatore. Ma adesso capisci perché questo lavoro è così importante per me. È diventata una missione.»

«Sì, riesco a capirlo.»

«Bene.»

«Stai in una tenda o con qualcuno del villaggio come ospite a casa sua?»

Lui mi rivolge un sorriso brillante che gli illumina tutto il volto. «È ciò che pensavi? E eri comunque disposta a passare cinque settimane con me, vivendo senza comodità? Wow. No. Staremo in albergo nella città più vicina. Siamo visitatori nel loro mondo. Non voglio pesare sulle loro risorse. Si sentirebbero obbligati a offrici il cibo, e potrebbe significare che qualcuno patirebbe la fame.»

Sono segretamente contenta di andare in albergo e mi sento contemporaneamente molto in colpa, sapendo quant'è diverso dalla loro esistenza di pura sopravvivenza.

«Inoltre ho bisogno della sicurezza di un albergo con le guardie» dice. «C'è chi mi rapirebbe per avere un riscatto.»

«Allora sono contenta in andare in albergo.»

Phillip mi dà un'occhiata maliziosa. «Ti ha cambiato la prospettiva, eh? Ti fa apprezzare di più le cose.»

«Oh, sì.»

«Sono contento che tu sia qui, Ruby.»

«Anch'io.»

Mi prende una mano, se la porta alle labbra e mi bacia le nocche, con gli occhi fissi nei miei. Sono ammaliata, mi sento più che mai vicina a lui. Siamo lontani da tutto ciò che conosco, e avere la gradita familiarità di Phillip accanto a me crea un'intimità profonda. Non so come farò a dirgli addio. Non sono sicura di riuscirci.

12

———

Ruby

Quattro settimane in viaggio con Phillip sono state un turbinio di gente e posti. Mi ha aperto gli occhi in più di un modo: vedere la povertà da vicino, a un livello che non avevo nemmeno saputo esistesse, la resilienza e la sorprendente gioia di vivere della gente che abbiamo incontrato, il contrasto nella disparità tra la ricchezza dei leader di una nazione e della loro gente. In ognuna delle nazioni abbiamo incontrato capi di stato, diplomatici e alti funzionari dei governi, in eleganti cene formali e tè elaborati. Siamo anche stati accolti nei villaggi più fuori mano, nelle baraccopoli e nelle fattorie rurali. Phillip mi ha sorpreso per la facilità con cui interagisce nei diversi ambienti. Mi ha mostrato l'uomo che è dentro, una persona carismatica che ama la gente, tutta la gente, di qualunque condizione sociale.

Con me resta affettuoso, attento e premuroso; si assicura che sia comoda dovunque atterriamo. Dovunque siamo durante la giornata, alla sera torniamo nel miglior albergo della città. Non mi lamento. Abbiamo passato parecchie notti bollenti insieme. Mi sono perfino abituata a dormire con lui. Gli piace dormire abbracciato. Voglio dirgli che lo amo, ma sembra che non riesca a tirar fuori le parole. Non l'ha detto nemmeno lui. Lo sento, però. L'amore tra di noi sta crescendo più forte, giorno dopo giorno.

Tra sei giorni torneremo a Villroy e io ho il volo per tornare a casa il giorno successivo. È la fine per noi, a meno di tentare di avere una relazione a distanza. Temo che un anno o più lontani ci renderebbe semplicemente più infelici di una rottura netta. Non so che cosa fare. Dovremo chiarire molto presto che cosa vogliamo.

Ora stiamo tornando al nostro albergo a Nuova Delhi, in India, accompagnati da Henry e Rafe, che sono costantemente le nostre ombre. Provo ancora imbarazzo nel parlare liberamente con Phillip con i due uomini robusti seduti accanto, uno con noi sul sedile posteriore della Mercedes, l'altro sul sedile anteriore. È facile dimenticarsi di loro quando non sono in vista.

Phillip alza il suo telefono, mostrandomi la fotografia di noi due alla cena di beneficenza della sera prima, a favore della Global Sun Water. Era un evento di gala e ha provveduto Phillip al mio elegante abito da sera di seta. Mi aveva fatto prendere le misure prima di partire da Villroy, e gli abiti sono stati consegnati al nostro albergo alla prima occasione. È un po' come la fata madrina per Cenerentola (me), non che glielo voglia dire. Ah ah. Non credo che gli piacerebbe essere paragonato a una fatina scintillante.

«Ci adorano, insieme» dice. «Ci chiamano la super coppia.»

Sento una stretta allo stomaco. Io non sono né famosa, né ricca o potente. Quello è Phillip. I miei genitori sono entusiasti di vedermi sulla stampa con Phillip. Siamo rimasti in contatto. Sono fieri del lavoro filantropico in cui sono coinvolta e, al contempo, si preoccupano per la mia sicurezza. Le guardie del corpo fanno loro pensare agli scenari terribili in cui sarebbero necessarie. Li ho rassicurati dicendo di non essermi mai sentita in pericolo. Mia madre non vede l'ora di conoscere Phillip. Lei e io lo seguivamo entrambe sui social, quand'era più una fantasia di un uomo reale. Adesso è diverso, però, quando sei tu quella colta nel turbinio della vita di Phillip.

Non posso fare a meno di sentirmi un'appendice, persa nella sua grande ombra, e questo nomignolo, la super coppia, non mi va giù. Assomiglia troppo a Phillip e Lana, definiti la coppia d'oro, parte del motivo per cui lui era così investito nella loro relazione. Io non voglio né ho bisogno che gli altri commentino la nostra relazione. Lui, al contrario, lo apprezza.

«Io non mi sento veramente super, ma sono lieta che tu abbia ricevuto commenti favorevoli dalla stampa.»

«Favorevoli? Sono stati fantastici. Probabilmente non mi chiameranno più il *royal hottie*. Ruby, è una cosa enorme e tu ne sei parte integrante. Ci chiamano la super coppia perché i nostri sforzi umanitari ottengono risultati. Io sono entusiasta. Significa puntare i riflettori dove sono più necessari.» Mi dà una stretta alla coscia. «Siamo una grande squadra.»

«Non so quanto possa prendermene il merito. A me sembra di essere solo una comparsa. È il tuo show.»

Phillip mi prende la mano, se la porta alle labbra e mi bacia le nocche. I suoi occhi acquamarina sono caldi e teneri. Io mi sciolgo, come sempre. «È il nostro show. Insieme.»

Mi si stringe la gola e stringo le labbra. «Dobbiamo parlare.»

Sul viso gli appare un'espressione allarmata, prima che la nasconda, tornando impassibile. «Quando saremo tornati nella nostra stanza.»

Annuisco e guardo il panorama che scorre fuori dal finestrino. Il centro di Nuova Delhi, come quello di molte delle città che abbiamo visitato è caldo, odoroso e affollato. Superiamo grattacieli e negozi al pianterreno, e tanto traffico, che non è composto solo da auto, ma risciò, taxi, biciclette e pedoni tutti ammassati nelle strade strette. Un uomo che spinge il carretto svolta davanti alla nostra auto, attraversando la strada. L'andatura lenta mi dà tutto il tempo di pensare a quale dovrebbe essere il prossimo passo con Phillip. Siamo diventati intimi come non avremmo mai potuto essere se non avessimo viaggiato insieme in tante terre straniere. Era la persona più familiare quando, e succedeva spesso, mi sentivo sopraffatta, o dalla pompa degli incontri ad alto livello o dall'abietta povertà che mi faceva sanguinare il cuore. E c'era sempre Phillip, sempre caloroso e sorridente, una presenza costante e familiare.

Siamo quasi arrivati all'albergo quando mi dice, eccitato: «Ho appena ricevuto un'email dall'ONU. Hanno visto tutti gli articoli di stampa favorevoli su di noi e pensano che potremmo fare moltissimo per attirare attenzione sulla causa.» I suoi occhi sono fissi nei miei. «*Insieme,* Ruby.»

In quel momento vedo con chiarezza il suo futuro, e non è il mio. Viaggiare in questo modo intorno al mondo, come lavoro a tempo pieno, parlare alle Nazioni Unite e gli incontri con i diplomatici stranieri, dare interviste, attrarre la gente. È ciò che sa fare lui. E io farei solo parte dello sfondo, senza contribuite in nessun modo, tranne che nelle fotografie. Voglio andare a casa. Voglio conoscere la mia sorellina, gestire la mia attività, tornare nel paese che amo.

Sbatto le palpebre per respingere le lacrime e distolgo gli occhi. Non posso lasciarmi andare qui, non posso avere la discussione accorata e sincera, per dirgli addio. Devo aspettare fino a quando saremo nell'intimità della nostra stanza d'albergo.

Phillip mi mette una mano sulla faccia, voltandomi verso di lui. «È ciò che la stampa dice di noi che mi ha portato a questo livello. Ruby, vieni con me. È un onore che dobbiamo condividere.»

«Io sono solo una comparsa.» La mia voce si spezza.

Phillip lascia cadere la mano, accigliato. «Tu sei molto più di una comparsa.»

Resto zitta. Non voglio deluderlo ma questa non è la mia vita.

Lui continua, pressante. «Hai stabilito un rapporto con le donne come io non sarei mai riuscito a fare.»

Scuoto la testa, con la voce resa esile dal groppo che ho in gola. «Hanno un ottimo rapporto con te. Ti amano.»

Phillip si spazientisce. «Ne parleremo più tardi.»

Appena siamo nell'intimità delle nostre stanze, Phillip mi prende la mano e mi guida verso il morbido divano beige nella lussuosa stanza di soggiorno formale della nostra suite. Siamo in un albergo chiamato Leela Palace, ed è all'altezza del suo nome. Faccio qualche respiro profondo, cercando di calmare il tumulto di emozioni che sono esplose nel momento in cui mi sono resa conto di dovergli dire addio. Non voglio dirgli addio.

Phillip mi stringe la mano. «Pensavo che ti fosse piaciuto questo tour con me. Perché non vuoi continuare?»

Esito, cercando il modo migliore per spiegarmi. «Mi è piaciuto, più che altro perché ero con te, ma questa non è la mia vita. È la tua. La mia vita è negli USA. La mia famiglia, la mia sorellina, far crescere un'attività che adoro.»

«Non lasceresti per sempre la tua famiglia. Potremo andare a trovarli.»

«Non è la stessa cosa. Voglio far parte della vita della mia sorellina. Non voglio solo farmi vedere ogni tanto. E sto cominciando una nuova attività, che sembra promettente, ma solo se torno a casa e do seguito a tutte le nuove opportunità di lavoro.»

«Quindi sceglieresti un lavoro al posto di una missione?»

Non so che cosa rispondergli. Un tipo di lavoro può essere più importante di un altro? Certo, ammiro il suo lavoro, ma non so se voglio essere la sua aiutante. Voglio qualcosa di mio. E mi piace fare l'arredatrice d'interni. Non c'è spazio per fare ciò che amo nella sua vita futura. «So che è difficile da capire per te, perché ciò che fai è così importante, e io ti sostengo al cento percento, ma è la tua vocazione, non la mia.»

Phillip mi fissa. «Non capisco. Pensavo che credessi nella causa.»

«E il mio lavoro?»

Mi guarda stupito. «Perché insisti a parlare del tuo lavoro? Se starai con me non avrai bisogno di lavorare. Dopo tutto ciò che abbiamo visto in questo viaggio, sono sicuro che tu abbia capito quanto sono importanti gli sforzi per fornire acqua pulita. Migliora la qualità della vita, portandola oltre la mera sussistenza. Al confronto, arredare una casa è robetta frivola, senza significato.»

Risucchio il fiato, con il cuore che salta un battito per poi riprendere a correre. E io che pensavo che rispettasse me e ciò che faccio. Metto le braccia conserte, abbracciandomi da sola. «Beh, per me significa qualcosa.»

Phillip si alza e mi guarda dall'alto in basso. «Sono così deluso. Ti stai svendendo per che cosa poi? Denaro? Prestigio? Un'iniezione di autostima?»

Balzo in piedi. «Non mi sto svendendo! So che dev'essere difficile da capire per te, dato che non hai mai dovuto lavorare un solo giorno in vita tua, ma avere una carriera di cui essere fiera significa moltissimo per me. Non è svendersi voler essere in grado di prendersi cura di se stessi.»

Phillip mi prende entrambe le mani. «Mi prenderò cura di te. Resta al mio fianco e non ti mancherà mai niente. Continueremo insieme per questa strada così importante. Vieni con me all'incontro alle Nazioni Unite e di' loro che vuoi farne parte con me.»

Sono combattuta. È sincero. Non voglio lasciarlo, ma non voglio nemmeno rinunciare a ciò che è importante per me. Mi perderei. Peggio ancora, sembra che sia ciò che vuole lui, perché ritiene che ciò che faccio io non valga niente. Ma è importante per me e so che dà gioia agli altri. Non voglio diventare una sua appendice, dipendere da lui per tutto. Non è così che sono fatta. Voglio, *no*, ho bisogno di camminare con le mie gambe.

Phillip mi stringe la mano. «Non sottovalutare la tua importanza nelle pubbliche relazioni. Siamo la super coppia.»

Mi cadono le spalle. È l'ultimo chiodo nella bara. Sento che mi sto allontanando da lui e dal mondo pubblico per cui vive.

«Phillip. Tengo moltissimo a te.» La mia voce di spezza, soffocata dall'emozione e faccio un respiro profondo. «Ma questa è la tua strada, non la mia. Non voglio essere una comparsa, buona per le pubbliche relazioni o le fotografie. Ci terremo in contatto. Ci vedremo quando potremo e…»

Phillip si tira indietro.

«Farò il tifo per te» finisco penosamente. Non c'è un modo facile per unire le nostre strade, ma non sono ancora pronta a lasciarlo andare.

Lui incrocia le braccia, accigliato. «Forse non ti conosco bene quanto pensavo. Credevo che fossimo sulla stessa lunghezza d'onda. Che avessimo gli stessi valori, la stessa causa.»

Non so che cosa dire. Forse ha ragione. Non posso trasformarmi nell'immagine ideale che ha di me. Devo essere sincera con lui. Il suo lavoro è importante, ma non è il mio. Ed è chiaro che lui non dà importanza al mio.

Phillip va alla finestra che dà sul balcone e apre di scatto le tende. Il sole al tramonto lo mette in controluce, una fiera figura regale, spalle ampie, gambe larghe. Conquista tutto ciò che si mette in testa di ottenere. Non ha idea di che cosa significhi lottare, dover lavorare sodo, aver bisogno di realizzarsi. I nostri due mondi così diversi non potranno mai coesistere. Lui appartiene al palcoscenico del mondo e io ho bisogno di mettere radici, di lavorare a ciò che so fare meglio, di ritagliarmi la mia nicchia nel mondo. E la mia famiglia è tutto per me. Essendo figlia unica sono sempre stata molto vicina ai miei genitori, e voglio essere vicina anche a mia sorella.

Mi mordicchio il labbro. Phillip e io ci siamo avvicinati molto durante questo viaggio, vivendo e lavorando insieme, Dio, odio la distanza che si è creata tra di noi adesso. «Abbiamo ancora una settimana insieme.»

Lui non si volta nemmeno. «Penso che sarebbe meglio se te ne andassi adesso.»

Resto pietrificata. «È così, allora? È finita?»

Lui si volta, con l'espressione dura. «Ti aspetti che finga che tutto va bene tra di noi?»

«Potrebbe. Noi siamo ancora… c'è un legame. Io…»

«Stiamo imboccando due strade diverse» dice freddamente. «Non rendiamo le cose più difficili di quanto serve.»

Barcollo facendo un passo indietro, scioccata per quel gelido congedo.

Lui estrae il telefono dalla tasca. «Non è il caso che sembri così affranta. È stata una tua scelta. Ti ho chiesto di unirti a me e hai rifiutato.»

Alzo il mento, con le lacrime che mi impediscono di vedere. «Allora me ne vado!» Mi asciugo gli occhi, afferro la borsa e corro in camera, cercando la valigia.

Phillip appare sulla porta. «Ho chiamato il mio valletto. Preparerà i tuoi bagagli e ti accompagnerà all'aeroporto.»

«Non preoccuparti!» Trovo la mia valigia nell'enorme cabina armadio e la porto fuori, gettandola sul letto e apro la cerniera.

«Ti ho detto che me ne occuperò io.»

Detesto vedere quant'è calmo, come se non gli importasse niente che me ne stia andando. Come se non fossimo niente l'uno per l'altro! Prendo la mia roba dal cassetto in una sola grande bracciata e la getto nella valigia.

Lui esce dalla camera, ne ha avuto abbastanza di me e della mia irritante indipendenza. Non è un problema, perché anch'io ne ho avuto abbastanza di lui e delle sue pretese. O si fa a modo suo o niente. Può scordarselo!

Svuoto il secondo cassetto e ficco tutto in valigia. Nell'armadio ci sono tutti i vestiti formali che mi ha comprato Phillip e li lascio lì.

Vado in bagno, prendo la mia trousse e ficco dentro in un lampo tutta la mia roba. Getto la trousse nella valigia, chiudo la cerniera e tiro la valigia nel soggiorno, dove Phillip è seduto sul divano e guarda il telefono.

«Pagherò il taxi e mi arrangerò da sola per tornare a casa» gli dico.

Lui non risponde.

«Addio» gli dico seccamente.

Niente.

Il suo freddo congedo alimenta il mio bisogno di scappare. Mi volto e corro nel corridoio all'esterno, sbattendo la faccia contro il torace duro di una delle guardie. Alzo gli occhi, vedendo l'espressione dura di Rafe. «Spostati. Sto andando a casa.»

«No, signora. Non è sicuro andare da sola. Per favori aspetti all'interno finché avremo organizzato tutto.»

«Okay, okay.» Mi volto verso la porta e poi devio verso sinistra, mettendomi a correre lungo il corridoio, con la valigia che saltella sulle ruote dietro di me. «Ah!» strillo un momento dopo, bloccata da braccia d'acciaio che mi sollevano da terra. È Rafe, che mi sta portando indietro, depositandomi direttamente nel soggiorno con Phillip. La mia valigia segue un minuto dopo. È così umiliante.

«Non tenti di nuovo» ringhia Rafe prima di chiudere la porta.

Io ribollo.

Phillip scuote la testa. «Impulsiva, egocentrica, incentrata sui soldi. Non sei la donna che pensavo fossi.»

A quel punto perdo il controllo e comincio a gesticolare selvaggiamente. «Tu sei esattamente come pensavo che fossi la prima volta in cui ci siamo incontrati. Pieno di te e di quello che dice la stampa. Non capisci che cosa significa avere bisogno di soldi o voler lavorare sodo, perché non ha mai fatto parte della tua vita. Se vuoi qualcosa, tutto ciò che devi fare è alzare il telefono e il mondo cade ai tuoi piedi.»

Lui parla al telefono, prendendo accordi e ignorandomi.

Lo colpisco con un dito. «Visto! Hai appena dimostrato che ho ragione.»

Lui preme un tasto e finisce la chiamata. I suoi occhi sono freddi, la voce secca. «Non lo nego, sono stato fortunato, ma mi offende che ti comporti come se fossi solo quello. Sto usando i vantaggi che ho avuto per aiutare quelli più sfortunati.»

Lo guardo furiosa. «Assicurati di ordinare un'aureola veramente grande.»

Phillip mi dà un'occhiataccia. «Sto fornendo acqua pulita ed educazione. Tutto ciò che fai tu è aggiungere una bella carta da parati al bagno padronale di una donna ricca!»

Ho voglia di togliere a schiaffi quell'espressione compiaciuta dalla sua bella faccia. «Vai a farti fottere!»

Lui sogghigna. «Oh, abbiamo fottuto parecchio, vero? Forse è lì che ho sbagliato, ho confuso la compatibilità sessuale con quella reale.»

Odio quel tono altezzoso, come se fosse superiore a me in tutto. «Non sei migliore di me solo perché fai opere di beneficenza. Ogni contributo può avere un significato se viene dal cuore.»

«Continua a ripetertelo mentre scegli le tende. Che cosa profonda. E importante.»

Ansimo. Mi ha ridotto a uno zero. Io non sono uno zero! «Come osi usare quel tono condiscendente con me!»

Bussano alla porta.

Phillip mi lancia un'occhiata disgustata prima di andare ad aprire. Un momento dopo entra il suo valletto, che si inchina a Phillip prima di andare in camera. Lo seguo e vedo che sta controllando i cassetti per cercare la mia roba.

«Ho già preparato la valigia.»

Lui si sposta alla cabina armadio.

«Lasci stare i vestiti. Non sono miei.»

«Tanto vale che li prenda» dice Phillip alle mie spalle. «Dubito che vadano bene a qualcun altro. Abiti minuscoli per una mente minuscola.»

Mi volto. «Vai all'inferno!»

Lui ride. Una risata cattiva.

Ne ho avuto abbastanza. Non gli darò più retta. Mi volto e dico al valletto. «Li lasci.»

Il valletto prende la mia valigia. «Signora, quando è pronta.»

Annuisco e lo seguo.

Niente saluti. Niente. Tra Phillip e me è finita.

Ho gli occhi asciutti, resto indignata per il suo trattamento crudele per tutta la strada fino all'aeroporto. Mi ha messo in prima classe su un volo non-stop per New York. Da lì prenderò un altro aereo per tornare alla mia vita normale, a Tampa, nella mia vecchia stanza a casa dei miei genitori, e ricomincerò da capo, cercando di costruirmi una carriera con le nuove prospettive che ho. Era tutto un sogno. Non la mia realtà.

L'assistente di volo arriva immediatamente da me, per coccolarmi con un bicchiere di champagne, noccioline calde, una coperta soffice e una confezione regalo che non apro nemmeno. Tutto questo lusso mi ricorda la vita che mi sono lasciata indietro con Phillip. Non vedo l'ora di arrivare a casa e mettermi alle spalle tutto ciò che potrebbe ricordarmelo.

Le lacrime arrivano non appena l'aereo decolla.

E non si fermano per un bel pezzo.

13

Phillip

La mia rabbia nei confronti di Ruby è durata tre interi giorni. Non credo che nessuno mi abbia mai fatto infuriare tanto in vita mia. Ha scelto un lavoro invece di scegliere me, ha voltato le spalle a ciò che avrebbe potuto essere una strada importante da percorrere insieme. Ma quando la mia furia sbiadisce, ciò che resta è un profondo dolore che mi dilania. Non riesco a mangiare, a dormire, riesco a malapena a concentrarmi sul mio compito. Non riesco nemmeno a fingere un sorriso per le persone che incontro, che hanno un assoluto bisogno di acqua pulita. Mi trascino per giorni e alla fine abbrevio il viaggio di qualche giorno, spiegando alla gente della Global Sun Water che sono malato e devo tornare a casa per curarmi.

Voglio sistemare questa cosa con Ruby a faccia a faccia, ma prima devo passare da casa, per Gabriel e Anna. Hanno bisogno del jet per andare a Tampa, la città da dove provengono Anna e Ruby. È il modo più veloce per raggiungerla. Il padre affidatario di Anna, Mike, che è malato di cancro da tempo, sta chiedendo di lei.

Stanno rifornendo il jet e facendo i controlli di sicurezza in Francia, quindi ho tempo per passare da casa. Lo yacht mi sta aspettando per portarmici in fretta. M'incontro con Gabriel e

Anna a palazzo, dove Gabriel sta camminando ansiosamente avanti e indietro fuori dalla loro suite nell'ala ovest.

«Come sta Anna?» gli chiedo.

Lui si ficca una mano tra i capelli. «Insiste a voler fare la valigia da sola, ma sta piangendo e ci sta mettendo un'eternità. Non mi permette nemmeno di aiutarla.»

«Ho bisogno di farlo da sola!» Sento Anna urlare attraverso la porta aperta. «È l'unica cosa su cui ho un minimo di controllo.»

Sbircio nella stanza. «Ciao, Anna. Mi dispiace veramente per Mike.»

«Sei qui!» Schiaccia la valigia e chiude la cerniera. «Andiamo.» Trascina fuori la sua valigia.

Gabriel cerca di prendergliela, ma lei l'allontana. Corre davanti a noi verso le scale. Gabriel fa segno a un servitore di aiutarla.

«Vengo con voi» dico a Gabriel. «Ruby è a Tampa. Ho fatto un casino e devo rimediare.»

Lui si ferma. «Parti anche tu? Avevo intenzione di lasciare te in carica. Ho un paio di impegni e ho bisogno che tu mi sostituisca. Cazzo. Lucas?»

Gli impegni reali ricadono sul prossimo in linea di successione al trono. Dopo di me c'è Lucas, lo scapolo che ha causato il tumulto.

«A meno che tu voglia chiederlo a mamma» gli dico. «Mi dispiace, ma è urgente che veda Ruby.»

Lui mi guarda irritato. «Sai che nostra madre non è nelle condizioni di farlo in questo momento.» Si allontana a grandi passi, abbaiando una serie di ordini a qualche servitore nei dintorni.

Poco dopo, stiamo tutti aspettando nella Mercedes, mentre caricano i bagagli, quando Lucas bussa al finestrino. Anna lo abbassa.

Gli occhi di Lucas sono pieni di compassione. «Abbi cura di te, Anna. Penserò a te e a Mike.»

Lei gli rivolge un sorriso pieno di lacrime, allunga la mano e gli stringe la sua. «Grazie.»

Poi Lucas si volta a guardare Gabriel e gli rivolge un

saluto militare prima di fare dietro front e marciare verso il palazzo.

«Spero che il palazzo sia ancora in piedi quando tornerò» borbotta Gabriel.

Non posso preoccuparmi per Lucas e per ciò che potrebbe fare. I miei pensieri sono tutti su ciò che mi aspetta. Gabriel è occupato a consolare Anna, che è mogia. Ho abbastanza tempo per pensare durante il viaggio e ciò che concludo è che ho bisogno di Ruby nella mia vita. Eccitato com'ero di dare il mio contributo al mondo ho dimenticato la cosa più importante. Niente ha un significato senza l'amore nella mia vita. Avrei dovuto cominciare con quello. Avrei dovuto dirle quanto l'amo. L'ho ferita. *Volevo* ferirla e sono stato meschino e ingiusto. Aveva ragione quando diceva che non so che cosa significhi ambire a una carriera. Non ho mai avuto un lavoro, non mi sono mai costruito una carriera. Per la prima volta nella mia vita mi ero sentito utile, necessario, come se ciò che stavo facendo fosse importante. Ma niente conta senza di lei.

Quando siamo sul jet, Anna fa un sonnellino. Poi si siede accanto a me. «Gabriel dice che è urgente che tu veda Ruby per aggiustare le cose tra di voi. Che cos'è successo?»

«Ho fatto un orribile casino.»

«Sono sicura che non sia così grave. So che provi sentimenti profondi per lei. L'hai scritto in faccia.»

Stringo le labbra per un attimo, commosso dalla sua malriposta fiducia in me, e poi le racconto tutto, tutti i momenti meravigliosi e quelli veramente terribili del nostro viaggio insieme.

«Maledizione, Phillip, stavi *tentando* di allontanarla?»

«No!» *Era così?* Avevo sabotato apposta la nostra relazione, ancora timoroso di impegnarmi a causa del tradimento di Lana? Non voglio pensare che possa essere vero. Non è possibile. Amo veramente Ruby. Perché non gliel'ho detto? Sono un tale idiota. Ho dato troppe cose per scontate, che lei sapesse che l'amavo, che sarebbe stata d'accordo che il mio lavoro era il modo migliore per avere una vita insieme. Non avevo nemmeno preso in considerazione alternative diverse.

«Non volevo allontanarla da me» dico con profonda

tristezza. «Stavo cercando di attirarla a me in un modo stupido e sbagliato.»

«Molto stupido. Pensi che sarei rimasta con Gabriel se mi avesse detto che il mio lavoro era insignificante e trascurabile? O se avesse disprezzato il fatto che fossi il manutentore della palazzina dove vivevo?»

Apro la bocca per ribattere che è diverso perché il lavoro di Anna adesso è importante per il regno, ma lei continua imperterrita, prima che possa dire una parola.

«Diavolo no! Lo avrei mandato a quel paese se si fosse comportato in quel modo, ma non è stato così. Lui ha lodato ciò che ero riuscita a fare della mia vita perché mi amava e mi rispettava. Se veramente ami e rispetti Ruby, hai parecchia strada da fare per dimostrarglielo. Sono sicura che tu l'abbia fatta sentire come una gomma da masticare usata sotto la suola della tua scarpa. O ancora peggio.»

Sento la bile salirmi in gola quando mi tornano in mente le parole di Ruby. *Non sei migliore di me solo perché fai opere di beneficenza. Ogni contributo può avere un significato se viene dal cuore.* Il suo lavoro significa molto per lei, ed è tutto ciò che conta. Ho considerato il suo valore inferiore al mio e non è così. Lei per me significa tutto, è superiore a me in tutti i modi che contano: è aperta, calorosa e amorevole. E io con lei sono stato odioso.

Anna mi dà un colpetto sul braccio. «Vedo che adesso lo rimpiangi. Assicurati di umiliarti e strisciare come si deve.» Poi torna al suo sedile.

Quando la limousine arriva davanti alla modesta casa dei genitori di Ruby, un edificio a un piano color pesca in un quartiere periferico, sono così nervoso che non riesco a ragionare. Non posso fare un altro casino.

Anna mi urla dall'auto: «Mi raccomando, striscia!»

Alzo una mano per segnalare che ho capito e percorro il marciapiede. I prìncipi non si umiliano. Non è nel mio DNA. Ma sistemerò le cose, cambierò rotta e le dirò ciò che avrei dovuto dirle subito. Che l'amo ed è ciò che farà in modo che tutto funzioni. Deve funzionare. Ovviamente non è una certezza ed è il motivo per cui non ho chiamato, per paura che non volesse vedermi.

Sono vestito casual, con una camicia button-down acquamarina dello stesso colore dei miei occhi (Ruby si è complimentata spesso per il loro colore, meravigliandosi), pantaloni neri e scarpe di pelle nera. Ho in mano un mazzo di rose. Anna ha detto che sono assolutamente necessarie per strisciare nel modo giusto. È la mia unica concessione.

Rafe e Henry sono dietro di me sul portico di cemento e aspettano che raccolga il coraggio per suonare il campanello. C'è una zanzariera e poi una porta bianca. Sono tentato di bussare su una delle due invece di suonare il campanello. Accidenti ai nervi. Suono il campanello.

La porta viene aperta qualche momento dopo da una donna minuta con una testolina di capelli biondo scuro. Dev'essere la madre di Ruby. Lascia chiusa la zanzariera e mi sbircia attraverso la rete. «Sì?»

Mi sforzo di sorridere. «Sono Phillip Rourke. Queste sono le mie guardie del corpo. Sono qui per vedere Ruby.»

La donna spalanca gli occhi. «Il *royal hottie*!» Spalanca la zanzariera. Il suo pancione sporge, grande e rotondo, sotto una t-shirt gialla. «Entrate, prima che i vicini si accorgano che siete qui! Ruby! Edward, il principe è qui. Ruby!»

«Grazie, signora.» Entro in un soggiorno arredato con gusto, con un divano bianco, poltrone abbinate e tavolini di legno color miele. Sospetto che ci sia la mano di Ruby nel modo in cui la stanza risalta nella sua elegante semplicità. Sembra uscita da una rivista d'arredamento.

«Sedetevi, prego» dice, indicandoci il divano. «Sono Eileen. Oh, è così eccitante! Sua altezza, il *royal hottie*, proprio qui nel mio soggiorno!»

Mi siedo. «Per favore, solo Phillip.»

Eileen dà un'occhiata a Rafe e Henry, che sono rimasti accanto alla porta e poi chiede me: «Posso offrirvi qualcosa?»

«Solo Ruby, per favore.»

«Tornerò subito!»

Le pareti sono sottili e la sento chiaramente mentre si affretta lungo il corridoio, gridando: «Edward, sbrigati a uscire dal bagno! C'è un principe in soggiorno. Sì. Quello di cui Ruby sta dicendo peste e corna!»

Mi sto agitando. Sua madre è stata molto cordiale se si considera che sua figlia sta dicendo peste e corna di me. Colgo lo sguardo di Rafe. Lui e Henry sembrano divertiti. Non c'è niente di meglio di guardare qualcuno che striscia.

Un momento dopo sentiamo qualcuno che picchia su una porta e scuote una maniglia. Poi Eileen grida: «Apri immediatamente questa porta! Phillip è qui per vederti!»

Non riesco a sentire la risposta di Ruby, attutita dalla porta.

«Ruby Evans, sviterò queste cerniere e ti tirerò fuori trascinandoti per i capelli se non porti immediatamente qui il tuo sedere!»

Interviene suo padre. «Ci vorrebbe troppo tempo. Passo dalla finestra e la tiro fuori da lì.»

Forse i suoi genitori non vedono l'ora di liberarsi di lei. Ruby aveva detto che hanno bisogno della sua stanza per la bambina. Bene, un punto a mio favore.

«Voi dovreste essere dalla mia parte!» strilla Ruby.

«Noi siamo dalla tua parte, tesoro» dice sua madre. «Ma sappiamo che cosa provi per lui. Non permettere all'orgoglio di tenerti lontana dall'uomo che ami.»

Balzo in piedi. Ruby mi ama! È tutto ciò che ho bisogno di sapere. Seguo i suoni lungo il breve corridoio fino alla stanza di Ruby.

«Salve, sono il padre di Ruby, Edward.» Suo padre, un uomo alto e magro, capelli biondi e calvizie incipiente, mi tende la mano.

Gliela stringo, deciso. «È un piacere conoscerla, Edward. Se poteste darci un momento di privacy, vorrei veramente parlare con Ruby.»

«Certamente!» esclama sua madre, afferrando il marito per il braccio e tirandolo con lei. «Noi saremo in cucina.»

La porta di Ruby si apre un momento dopo. Ha i capelli raccolti in una coda di cavallo disordinata, gli occhi offuscati e le labbra tirate. È vestita in modo più informale di come l'abbia mai vista, con una t-shirt rosa e pantaloncini corti di jeans ed è a piedi nudi. È bella, sexy e seriamente incazzata.

Le tendo le rose. «Mi dispiace.»

Lei le prende e fa un passo indietro, lasciandomi entrare e chiudendo la porta. La stanza è rimasta quella di Ruby da adolescente, molto femminile, lezioso letto a baldacchino, cassettiera bianca e comodino con decalcomanie di fiori, pareti rosa, moquette rosa. Ci sono alcuni poster di rockstar a torso nudo risalenti a un decennio fa, in diagonale su una parete. Anche quelli per cui aveva una cotta sono stati sistemati da decoratrice. I suoi genitori avevano lasciato la stanza com'era, nel caso in cui ne avesse avuto bisogno. Sembra che provenga da una famiglia perbene.

Ruby si siede sul letto e fissa le rose che ha in mano.

Io resto in piedi, dato che non mi ha invitato a raggiungerla. «I tuoi genitori sono gentili.»

Lei alza la testa. «Sono impressionati dal fatto che sei un principe, come il resto del mondo. Sei una celebrità.» Lei non sembra molto impressionata.

Mi schiarisco la voce. «Mi dispiace di aver ferito i tuoi sentimenti. Non volevo sembrare così presuntuoso. So che il tuo lavoro è importante per te, e lo rende importante anche per me. Sei bravissima.»

«Ma non pensi che sia importante come il tuo.»

«Non è un paragone giusto. Sono sicuro che una volta soddisfatti i bisogni primari, chiunque apprezzi la bellezza che tu doni al mondo.» Mi manca la voce quando la verità di ciò che ho detto mi colpisce come un maglio. «Avevi ragione. Ciascuno di noi dovrebbe contribuire nel modo che ritiene più significativo.»

Lei resta in silenzio, con gli occhi bassi. La sto perdendo e non posso sopportarlo.

Mi metto in ginocchio davanti a lei così da poterla guardare negli occhi e parlo in fretta, con tutto il cuore. «Ruby, ho avuto un mucchio di tempo per pensarci e mi sono reso conto di aver affrontato la cosa nel modo sbagliato. Ciò che avrei dovuto dire prima, ciò con cui avrei dovuto cominciare è questo: ti amo.» Trattengo il fiato, sperando disperatamente che lo dica anche lei. Se c'è l'amore, tutto andrà a posto da solo.

Lei mi fissa per un lungo, teso momento.

Io resto fermo, con il cuore che mi batte nelle orecchie, stretto nel petto.

E poi i suoi occhi si riempiono di lacrime. «Okay» dice a bassa voce.

Riesco a respirare di nuovo. Lei batte rapidamente le palpebre, e le lacrime scivolano sulle guance. Vederle mi riempie di nuova speranza e anche i miei occhi bruciano.

Mi siedo accanto a lei sul letto e le asciugo le lacrime con il polpastrello del pollice. «E so che mi ami anche tu.»

Lei fa una risatina incerta. «Ah, davvero lo sai?»

«Tua madre parlava veramente a voce alta quando ti ha detto di non permettere al tuo orgoglio di tenerti lontana dall'uomo che ami. Presumo intendesse me, a meno che tu e Rafe…»

Ruby mi dà uno spintone al braccio e sorride tra le lacrime. «Smettila.»

«Mi sei mancata.»

Lei tira su col naso. «Mi sei mancato anche tu.» Mi guarda negli occhi. «E ti amo.»

La tensione che è cresciuta nei giorni scorsi se ne va di colpo. La tiro verso di me e l'abbraccio. «Mi piace sentirtelo dire.»

Un attimo dopo Ruby si tira indietro. «Sono stata in grado di assicurarmi parecchie clienti tra le amiche di Anna quando sono tornata. In effetti, tre di loro vogliono veramente che la loro casa sia finita prima del Capodanno e mi stanno pagando il doppio perché si realizzi. Ho abbastanza lavoro per sei mesi. Con gli anticipi che ho ricevuto posso permettermi di andare a vivere da sola.»

«Bene. Sono contento per te. So che è ciò che volevi.»

Ruby stringe le labbra. «Solo che tu hai rovinato tutto. Non sono riuscita a godermelo, non sono nemmeno riuscita a cominciare a cercare un appartamento perché sono stata troppo infelice senza te.»

Le accarezzo i capelli, scostandoglieli dal viso. «Sono stato infelice anch'io.»

Ruby sbuffa. «La cosa non mi rende felice come pensavo.»

«Speravi che fossi infelice?»

«Oh sì. Volevo che ti sentissi un guscio vuoto, che maledicessi il giorno in cui avevi perduto la cosa migliore che ti fosse mai capitata. Speravo diventassi impotente per il dolore e non fossi più in grado di godere di un'altra donna per il resto della tua miserabile vita.»

«Accidenti, ricordami di non farti più arrabbiare.»

Ruby si mette a ridere. «Lo so. Volevo solo che tu fossi infelice come lo ero io. Phillip hai veramente ferito i miei sentimenti. Era come se pensassi di essere migliore di me, che io fossi avida e di idee ristrette, mentre tu aspiravi a vette più alte. Mi ero sentita così vicina a te, più vicina di quanto mi fossi mai sentita con chiunque altro e poi è sembrato che la distanza tra di noi fosse talmente grande da non poter essere colmata. È vero che veniamo da due mondi diversi.»

«Sta funzionando per Gabriel e Anna.»

«Anna ha sempre desiderato avere fondamenta stabili e una famiglia ed è ciò che le ha dato Gabriel. Ma Phillip, quella non sono io. Io ho tutto ciò che mi serve proprio qui, eccetto te. Proprio non so come potremmo coesistere.»

«Mi trasferirò a Tampa.» Mi sorprendo da solo con quella decisione impulsiva, ma è l'unica cosa cui riesco a pensare per assicurarmi che sia felice.

Ruby resta a bocca aperta. «Cosa? No! Non puoi trasferirti a Tampa. Devi continuare con il tuo buon lavoro. È importante per te e per il mondo.»

Ci fissiamo, siamo a un punto morto. Lei vuole che io faccia ciò che voglio fare di più, solo che non vuole farlo con me. E il mio posto in realtà non è qui. Lo sappiamo entrambi.

Ruby si volta e il mio cuore mi sale in gola.

«Ruby.»

«Forse avevi ragione» dice sommessamente. «Siamo su due strade divergenti.»

«Sposami.»

Ruby volta di scatto la testa verso di me, con gli occhi

verdi sgranati. Sembra sorpresa quanto me, ma ora che l'ho detto, so che è ciò che voglio. Io l'amo. Ed è tutto. L'unica cosa.

Le prendo entrambe le mani. «Ho bisogno di te nella mia vita, Ruby. In permanenza. *Tu* sei le mie fondamenta solide. Il cuore di tutto, il centro di tutto ciò che faccio. So che è affrettato. Non ho nemmeno un anello, ma non c'è niente che voglia più di avere te al mio fianco, per tutta la vita.»

Ruby sembra felice per un momento, poi fa una smorfia. «E questo che cosa risolve?»

«Ci stavamo facendo la domanda sbagliata. Non è quale lavoro ha la precedenza. La domanda giusta è: come possiamo fare perché tutto il resto nella nostra vita si adatti a noi come coppia? Cominciamo con l'amore.» Le do un bacio veloce. «Faremo un fronte comune e decideremo tutto insieme. Dove vivremo, come vivremo.» Prendo il suo bel viso tra le mani. «Per me, semplicemente, non c'è niente più importante di te. Niente ha più significato senza te nella mia vita.»

Ruby è pensierosa mentre mi fissa negli occhi.

Abbasso le mani e aspetto, respirando appena, sperando nella risposta che più voglio sentire.

Ruby arriccia le labbra mentre riflette. Alla fine dice: «Mi piace, e molto. Potremmo dividere il nostro tempo in blocchi. Sei mesi qui per il mio lavoro, sei mesi in viaggio come ambasciatori per l'acqua pulita. Tu sei abbastanza influente perché accettino che lavori secondo la nostra agenda, e ogni tanto potresti fare un viaggio senza di me.»

Riesco a respirare di nuovo, con la gioia che si diffonde, facendomi vedere tutto brillante e luminoso. Ruby ci sta. «E mi sposerai?»

Lei sorrise maliziosa. «Quando riceverò una proposta degna del principe Phillip Rourke.»

Appoggio un ginocchio a terra davanti a lei e le prendo la mano con galanteria. «Ruby Evans, mi faresti il grande onore di diventare mia moglie?»

«Sì!»

Si getta tra le mie braccia e io l'afferro, tenendola stretta per un lungo momento. Mi bacia ed è il benvenuto più dolce. Di colpo, diventiamo famelici, non riusciamo a staccarci e rotoliamo sul pavimento. Ruby è sopra e io passo le mani su tutte le sue morbide curve minute.

Lei alza la testa di colpo. «Dovremmo andare da qualche parte in privato.»

«Sì, e in fretta.»

Ruby ridacchia e si affretta ad andare alla porta della stanza, aprendola. I suoi genitori fanno un balzo indietro, con un'espressione colpevole. «Mamma! Papà!»

«Congratulazioni, tesoro!» esclama sua madre.

Suo padre mi stringe la mano. «Benvenuto in famiglia! Potremo visitare il palazzo?»

14

___

Ruby

Phillip e io siamo pazzi l'uno dell'altro, ma ci sono cose che hanno la precedenza. Siamo fidanzati e i miei genitori sono entusiasti. Li raggiungiamo in cucina con dello chardonnay. La mamma, ovviamente, si limita all'acqua.

«Congratulazioni!» esclama mia madre, facendo cin-cin con noi due a turno.

«Congratulazioni» ripete mio padre.

Phillip fa cin-cin con me per ultima e i suoi occhi non mi lasciamo mai mentre beve un sorso. E per me è lo stesso.

«Bene, dovremmo andare» dico. «Phillip deve riportarmi al suo albergo, dove può lavorare con l'addetto stampa per far uscire l'annuncio ufficiale.»

Phillip appoggia il bicchiere, cogliendo lo spunto. «Sì, è importante che lo facciamo di persona, in modo che la notizia non trapeli prima del tempo.»

«Oh, wow!» esclama mia madre. «Un annuncio ufficiale! Vi sposerete qui o a palazzo?»

«Ruby?» chiede Phillip.

Mi piace che lasci a me la decisione, anche se sono sicura che tutti i matrimoni regali abbiano luogo nella cappella a palazzo Amalie. È dove si sono sposati Anna e Gabriel. I miei genitori hanno registrato la cerimonia e l'abbiamo guardata in TV.

Mi rivolgo ai miei genitori. «Andrebbe bene per voi se ci sposassimo nella cappella del palazzo? Aspetteremo finché sarà un buon momento per voi per viaggiare con la bambina.» Non hanno ancora scelto un nome.

Il volto di mia madre s'illumina con un sorriso radioso. «Ci piacerebbe, eccome! Phillip, abbiamo visto il matrimonio di Anna in TV. Quella cappella è così bella. Avrete anche voi la carrozza a cavalli?»

«Ruby avrà tutto ciò che desidera» le risponde Phillip.

«Ti conviene tenertelo» mi dice mia madre.

«Sì!» Abbraccio lei e poi mio padre. «Vi chiamerò. Abbiamo parecchie cose da organizzare.»

Phillip stringe la mano a entrambi, ma mia madre insiste ad abbracciarlo e poi a baciargli la guancia. Non c'è voluto molto per accettarlo, nonostante lo avessi chiamato bigotto, esigente e arrogante. Mia madre è una follower del *royal hottie* da parecchio tempo e ha sempre detto che nella vita reale doveva essere un tesoro. Si basava solo sul suo caldo sorriso. A quanto pare aveva ragione.

Riusciamo finalmente a scappare e io guido lui e le guardie alla strada dove la mia utilitaria sta arrostendo al sole della Florida. La sblocco e riavvolgo il parasole.

Guardo Rafe e Henry, entrambi ben oltre il metro e ottanta, sapendo che saranno schiacciati sul sedile posteriore. «Mi dispiace, so che non è spaziosa come la Mercedes cui siete abituati.»

«Nessun problema, signora» dice Henry. Rafe sembra tetro.

Incastrano i loro lunghi corpi muscolosi nel sedile posteriore. Io salgo al posto di guida, con Phillip al fianco.

Metto in moto, sparo al massimo l'aria condizionata e chiedo a Phillip: «Dove andiamo?»

«In effetti non ho fatto programmi a lungo termine. Ero così concentrato a sistemare le cose con te che era tutto ciò a cui riuscivo a pensare. Anna e Gabriel sono all'Epicurean Hotel. Potremmo andare lì.»

È un albergo di lusso. Adesso la mia vita è questa, un'insolita combinazione di vita sopra le righe e lavoro in trincea nelle comunità più povere. Un futuro che non avrei mai potuto immaginare per me stessa, ma so che alla fine sarà molto soddisfacente. Inoltre riavrò la mia solita vita per sei mesi l'anno.

«O dovunque tu pensi possa andar bene» aggiunge Phillip.

«Mmm, come sei accomodante.» Mi piace prenderlo in giro.

Lui ride. «Probabilmente non durerà. Sono solo così felice che le cose si siano sistemate tra di noi. Meglio che ne approfitti finché puoi. In questo momento potrei effettivamente concederti qualunque cosa.»

Sentiamo qualcuno che si schiarisce rumorosamente la gola dal sedile posteriore.

Phillip si volta. «Consigli sulle relazioni, Rafe?»

«Avete una stanza all'Epicurean, come noi.»

«Ah.»

Rafe dice in fretta l'indirizzo, ma lo conosco già. Sono cresciuta qui. Mi fermo davanti all'albergo e consegno le chiavi della mia auto, decisamente non di lusso, al valletto.

Phillip mi prende la mano e praticamente corre verso la reception. Due minuti e stiamo già andando alla nostra stanza. Il suo bagaglio è già lì. Le guardie s'infilano nella loro stanza alla porta accanto.

È una suite, ma noto appena l'elegante soggiorno prima che Phillip mi prenda in braccio e mi porti nella stanza da letto. Da svenire!

«Musica» gli dico. «Ci serve della musica in modo che le guardie non sentano.»

«Oh, Ruby, a loro non interessa, fidati.»

«Interessa a me!»

Phillip mi rimette in piedi accanto al letto e accende la radiosveglia sul comodino. È musica pop e il volume è alto.

Sorrido. «Perfetto!»

Apre il cassetto del comodino e c'è già una scatola di preservativi. Phillip grugnisce la sua approvazione.

«Bleah! Non ho intenzione di usare i rimasugli dell'ultima persona che è stata qui.»

Phillip ride. «Sono i miei. Li ha lasciati il mio valletto, è la mia marca preferita e, guarda» dice alzando la scatola per farmi vedere un piccolo adesivo dorato con le sue iniziali sul fondo.

«Hai gli adesivi personalizzati? Come se fossero preservativi con le iniziali?» Non riesco a smettere di ridere.

Lui sorride. «È un piccolo tocco per quando mi lascia qualcosa di cui non avevamo parlato, in modo che sappia che è tutto a posto. Chiaramente, sperava anche lui che ci riconciliassimo.»

Lo fisso, senza parole. Ci vorrà un po' per abituarmi a una vita così pubblica.

«Avresti preferito che non li avessi e dovessi chiederli al portiere?»

Gli metto le mani intorno alla vita. «Allora veramente non te l'aspettavi?»

Lui mi abbraccia e mi guarda. «Non ero nemmeno sicuro che mi avresti lasciato entrare.»

«Non sapevi che ti amo?»

«No. Lo speravo, ma non lo sapevo. Pensavo di aver rovinato tutto.»

«Beh, ti amo.»

Phillip mi prende il volto tra le mani. «Non ho mai pensato di amare di nuovo e poi tu sei entrata farfalleggiando nella mia vita e l'hai messa sottosopra. Non ho più avuto il cuore nel petto, perché era nelle tue mani, fin dalla primissima volta in cui ti ho avuta tra le mie braccia.»

Sorrido al ricordo del tempo passato nella cabina dello yacht, con il cuore pieno da scoppiare. «Eh, sì sono proprio una farfallona.»

Phillip mi parla contro le labbra. «Grazie al cielo.» E poi mi bacia e non ci sono più parole. Mi strappa la maglietta, sgancia il reggiseno e lo getta, ammirando apertamente il mio seno mentre slaccia il bottone dei pantaloncini.

Una piccola, insistente, preoccupazione mi fa chiedere. «Non credi che sia troppo piccola?» Aveva fatto un commento sulle mie dimensioni durante il nostro litigio e su questo punto sono piuttosto suscettibile. «Corpo piccolo, mente piccola.»

Phillip chiude gli occhi per un istante e mi stringe a sé. «Sei piccolina, ma non avrei dovuto fare commenti sulla tua statura. E la tua mente non è ristretta. Rimpiango veramente di aver detto quelle cose.» Si tira indietro e mi passa le mani lungo i fianchi. «Mi piacciono le tue curve minute. Sei così bella, così sexy e sei perfetta per me.»

Sollevo la testa, ancora un po' offesa. «Forse il problema sei tu. Forse sei tu che sei troppo grande.»

Lui sogghigna ma non dice niente. Invece, finisce di slacciarmi i pantaloncini e li abbassa, insieme alle mutandine. Poi tira indietro le coperte, mi solleva prendendomi in vita e mi getta sul letto.

«Ah, Phillip! Non puoi lanciarmi in giro come se fossi una bambola.»

«Mi piace quant'è facile sollevarti.» Sorride. «Cercherò di trattenermi. Oppure tu potresti fare lo stesso con me.» Comincia a slacciarsi la camicia, con un sorrisetto compiaciuto sulle labbra, sa che riuscirei a malapena a spostarlo. È talmente più grande e ha almeno venti chili di muscoli in più. Ci sono altri modi…

Mi siedo e gli slaccio i pantaloni, liberandolo in fretta. Poi prendo in mano la sua erezione massiccia. «Posso stenderti con una sola succhiata.»

Phillip mi afferra i capelli con una mano, alzandomi il volto verso di lui. «Tu puoi stendermi con una parola. Ti amo così tanto, Ruby. Non c'è niente che non farei per te.»

Resto a bocca aperta per quelle parole pronunciate con tanta sincerità che non posso fare a meno di credergli. Nessuno ha mai provato un sentimento così forte per me da poter dire che avrebbe fatto qualunque cosa. La maggior parte degli uomini aveva fatto solo il minimo indispensabile.

Lui sorride e mi spinge sulla schiena. «Quindi, vedi, la dinamica del potere, qui, è decisamente in tuo favore.» S'infila un preservativo e viene sopra di me, allargandomi le gambe e sistemandosi in mezzo.

«Phillip.»

Intreccia le dita con le mie e mi alza le mani sopra la testa, bloccandole contro il materasso. «Sì, amore?»

«Nessuno mi ha mai detto niente del genere, in tutta la mia vita.»

«Sono felice di essere il primo.» Scivola dolcemente dentro di me, creando una deliziosa pressione. «Metti le caviglie in alto, intorno alla mia vita.»

Appena lo faccio, lui comincia a pompare, in profondità e velocemente. È esattamente ciò di cui ho bisogno. Mi sta fissando negli occhi e l'intensità aumenta a ogni spinta. Infila una mano sotto di me, alzandomi i fianchi, penetrandomi più a fondo. Io sto respirando in fretta mentre mi avvicino sempre di più all'orgasmo. Phillip mi bacia e cambia angolazione, innescando un piacere profondo. Dentro di me tutto è carico come una molla. Arcuo la testa all'indietro, lasciandomi andare a un'ondata di piacere. Lui continua a pompare, portando sempre più piacere. I miei gemiti diventano grida quando un altro orgasmo mi travolge e poi anche lui si lascia andare, spingendo più a fondo e poi finalmente fermandosi.

Io sorrido, euforica e lui si appoggia a me con tutto il suo peso. Gli avvolgo attorno le braccia e lo stringo. «Ti amo, ti amo, ti amo.»

Phillip alza la testa e sorride, baciandomi teneramente. «Ti amo anch'io. Mmm… tre ti amo per due orgasmi. Credo di doverti un altro orgasmo, molto presto.» Rotola sulla schiena accanto a me.

Io mi giro sul fianco e mi appoggio al gomito. «Mi piace il tuo modo di pensare.» Gli passo la mano sul torace caldo. «E io ci sto sempre.»

Phillip si volta a guardarmi e sorride. «Dammi solo un momento.»

Gli salgo a cavalcioni e allungo la mano per abbassare il volume della radio. Lui si siede con me tra le braccia, afferra le coperte, copre entrambi e si sdraia di nuovo. Mi accarezza la schiena con la mano calda, io appoggio le mani sul suo petto e lo guardo. Ha gli occhi chiusi, l'espressione rilassata. Un po' di barba, come se avesse dimenticato di radersi e sono contenta che fosse così concentrato sul riconquistarmi, sul sistemare le cose tra di noi, da aver dimenticato le cose basilari.

Gli bacio il torace. «Hai rifatto le valigie o è quella del tuo ultimo viaggio?»

«È quella dell'India. Avrei voluto venire direttamente qui da te, ma ho dovuto fermarmi a casa per Anna e Gabriel.»

«Mi ha detto di Mike. Dovremmo andarci più tardi.»

«Sì. Che ne dici di mangiare qualcosa?»

«Mi piace mangiare.»

«Eccellente.»

Un'ora dopo siamo seduti nella piccola zona pranzo della suite, con morbidi accappatoi addosso, e ci stiamo godendo un pranzo delizioso. E poi facciamo programmi, grandi programmi, studiando la logistica delle nostre vite come uguali e partner. Tutto passa dal filtro *questo ci permette di essere al meglio, insieme?* Allora è un sì, altrimenti è un no. Phillip è al centro della mia vita e io della sua. La prossima fermata è a Villroy, per il matrimonio di sua sorella Emma, poi via a New York City per l'incontro con l'ONU prima di tornare a Tampa.

Avrò presto tre ruoli nella mia vita: moglie di un principe, arredatrice d'interni e sorella in Florida, e ambasciatrice per l'acqua pulita. Non sono ufficialmente un'ambasciatrice ma, su mia richiesta, Phillip permetterà che mi faccia promotrice degli sforzi per migliorare l'educazione e la vita delle ragazze. È il mio progetto speciale e mi piace.

«E i figli?» mi chiede. «Vorrei decisamente dei figli.»

Mi siedo diritta, con la felicità che si diffonde dentro di me. «Sì ai figli, appena avremo finito di viaggiare. Forse quando avrò trent'anni. Va bene?» So che ha ventinove anni. Gli sto chiedendo di aspettare cinque anni.

«Sicuramente. Quanti?»

«Mia madre ha avuto parecchi aborti spontanei. Non sono sicura di come sarà per me.»

Phillip mi prende la mano attraverso il tavolo. «Se ci saranno difficoltà, potremo sempre adottarli. Abbiamo visto tutti quegli orfani abbandonati nelle aree devastate dalla siccità e dai conflitti.»

Mi si chiude la gola. È una tale brava persona e ha ragione. «Mi piace quell'idea. Sì. In quel caso, quattro figli.»

Lui sorride. «Sono cresciuto con sei tra fratelli e sorelle. Le famiglie numerose sono divertenti. E avremo tutto l'aiuto che serve. Forse anche la mia vecchia bambinaia vorrà unirsi alla famiglia.»

«Se non sarà occupata con il bambino di Anna e Gabriel.»

«È incinta?»

«Non che io sappia. Ma mi ha detto che ci stanno lavorando.»

Philip fa un versaccio. «Lavorando. Come se scopare potesse mai essere un lavoro.» Si alza in piedi. «Vieni qua. Ho bisogno di te a scopo di divertimento. Notato come non ti ho sollevato come una bambola?»

«Meno male! Ho appena mangiato. Mai lanciare in giro una fidanzata con lo stomaco pieno.

Phillip mi tende la mano. «Ruby.»

Mi alzo e gli prendo la mano. Mi dà uno strattone, tirandomi tra le sue braccia e poi mi bacia. Poi abbassa la testa e la sua voce mi romba nell'orecchio. «Faremo un bel gioco. Si chiama orgasmi urlanti.»

Gli sorrido. «Mi piace questo gioco.»

Phillip mi accarezza la guancia. «Lo so. L'ho inventato in tuo onore.»

«Puoi portarmi in braccio nella stanza da letto.»

Lui mi solleva, cullandomi tra le braccia. «Allora ti piace, vero?»

Annuisco. «È romantico.»

Mi rimette in piedi quando siamo in camera, chiude la porta e mi solleva per guardarmi negli occhi, inchiodandomi contro la porta. Io mi aggrappo, gambe e braccia. «Tu e io, Ruby. Da adesso in poi. Per sempre.»

«Sì» riesco a dire superando il groppo che ho in gola. Non ho mai conosciuto un uomo che si esprimesse con tanto calore e amore. Ha un grande cuore.

Le sue labbra sono sulle mie, e la mia mente si spegne,

persa nelle sensazioni. Lunghi momenti dopo mi rimette in piedi e mi toglie l'accappatoio. Io gli tolgo il suo, mentre lui afferra un preservativo dalla tasca.

«Sempre pronto!» esclamo.

«È obbligatorio, quando sono con te.» Finisce di metterselo, mi afferra per la vita, mi solleva e mi impala su di lui. Il respiro mi esce tremante, gli avvolgo le gambe intorno alla vita, con la parete alle mie spalle. Lui usa la presa che ha sui miei fianchi e mi solleva mentre sbatte dentro di me. «Il vantaggio della tua statura» dice con la voce roca, «è che ti posso sollevare così.»

«Non fermarti.»

E poi precipito, con il corpo che freme intorno a lui. Lui mi tiene stretta, continuando a spingere. Mi sfuggono piccole grida mentre il piacere ricomincia a crescere. Phillip mi piega all'indietro, e inserisce la mano tra di noi, strofinandomi. Dentro di me erompono sensazioni brucianti. Gli ficco le unghie nelle spalle, l'intensità è quasi insopportabile. E poi esplodo, urlando. Sono uno straccio e crollo contro di lui mentre Phillip continua per arrivare al suo orgasmo e sbatte dentro di me un'ultima volta, gemendo contro il mio collo.

Solleva la testa e mi bacia teneramente. Poi si volta, continuando a tenermi in braccio e va verso il letto, depositandomi gentilmente sul materasso prima di raggiungermi. Mi fa sdraiare sul fianco e poi allunga il suo grande corpo caldo dietro di me. Emetto un sospiro di pura soddisfazione. Non m'infastidisce come manovra il mio corpo quando lo fa per assumere queste posizioni sexy e amorevoli.

Mi scosta i capelli dal volto e mi sussurra all'orecchio. «Le guardie adesso sanno come sei quando ti lasci andare, quindi sentiti libera di farlo senza preoccuparti che possano precipitarsi nella stanza.»

Resto di sasso. *COSA!?* «Phillip?»

«Mmm-mmm.» Le sue braccia si stringono intorno alla mia vita, inchiodandomi contro di lui come se temesse che possa saltar fuori dal letto e picchiarlo. Sono troppo esausta per farlo.

Tengo la voce bassa e calma. «Abbiamo giocato agli orgasmi urlanti a beneficio delle guardie?»

«No, tesoro, era solo per te.»

Mi rilasso un po'.

«È stato solo un valore aggiunto.»

«Phillip!» Gli do un'occhiataccia da sopra la spalla.

Lui mi bacia. «Adesso ringraziami per l'orgasmo urlante.»

Sbuffo e torno a sdraiarmi sul fianco.

Le sue dita scivolano tra le mie gambe e io emetto un gemito. «Era un grazie quello che ho sentito?» mi chiede scherzoso.

«La pagherai» ringhio e poi ansimo. Phillip è padrone del mio corpo, e, Dio, se mi piace.

Un po' dopo, mi fondo con il materasso, completamente esausta. Phillip si è impegnato al massimo, solamente per il mio piacere. «Grazie.»

«Ecco!» esclama contento, sollevando la testa da dov'era in mezzo alle mie gambe. Si sposta per sedersi accanto a me. «Sapevo che sarei riuscito a fartelo dire, se solo mi fossi impegnato a fondo. E avessi impegnato le labbra, la lingua…»

Mi appoggio sul gomito e lo guardo storto. «Shh!»

«Non hai ancora imparato la lezione? Niente inibizioni a causa delle guardie.» Poi sospira. «Dovremo ricominciare tutto daccapo.»

Mi metto seduta e lo placco. Lui mi lascia fare, ricadendo sulla schiena. Poi gli bacio tutta la faccia ruvida di barba.

Sento le sue guance muoversi in un sorriso. «Così va meglio.» E poi mi tiene così, con le braccia strette intorno a me.

Gli appoggio la testa sul petto, ascoltando il battito costante del suo cuore. Sono esattamente dove voglio essere, al mio posto, circondata dall'amore.

EPILOGO

La settimana seguente, nella sala da pranzo reale...
Phillip

Non sto più nella pelle dalla voglia di dare alla mia famiglia la grande notizia del nostro fidanzamento, ma devo aspettare. Siamo tutti riuniti per la cena prenuziale di Emma con il suo fidanzato, Abdul, che proviene da un piccolo regno nel Sudest Asiatico. Il loro matrimonio è fissato per domani, qui nella cappella, ed Emma andrà a vivere con lui dopo il loro matrimonio. È un tizio piuttosto spento, molto corretto, come Emma e sembra accettabile. I suoi capelli castano scuro sono pettinati con la riga di lato e indossa un abito blu scuro con una cravatta e il fazzoletto da tasca rosa. Emma è in tinta con lui, con un abito modesto, a maniche lunghe, rosa e una collana di perle. I suoi lunghi capelli castano scuro sono nitidamente divisi in mezzo, i suoi grandi occhi nocciola abbassati, il suo atteggiamento dimesso e piuttosto rigido, le labbra strette in una linea sottile. Pensavo veramente che sarebbe sembrata più felice visto che aspetta questo momento da tanti anni. Forse è nervosa. Il matrimonio tra lei e Abdul è stato concordato tra le due case regnanti. Lei lo ha accettato come futuro sposo quando aveva sedici anni e ha dovuto aspettare di compierne venticinque, secondo i desideri dei miei genitori. Emma ha compiuto venticinque anni la settimana scorsa.

Il fatto che non beva quasi mai e invece abbia sicuramente bevuto dello champagne avrebbe dovuto rilassarla.

Forse è perché nostra madre non c'è. È diventata un'eremita e prende i pasti nelle sue stanze. Dice che parteciperà al matrimonio, domani, e sarà la sua prima apparizione pubblica dopo la morte di mio padre. Ruby e io siamo andati a trovarla nella sua suite e le abbiamo dato la nostra grande notizia. Ci ha dato la sua benedizione, anche se non sembrava eccitata. Non c'è molto che riesca a penetrare la densa nuvola di dolore che la circonda. La capisco. Ha perso l'amore della sua vita.

Appena finita la cena, mi alzo e vado da Emma, seduta accanto al suo fidanzato. Ci sono anche i genitori di Abdul e le sue due sorelle, oltre a tutti i miei fratelli e sorelle. «Congratulazione a entrambi.»

«Grazie, Phillip» dice Emma con la voce quasi monocorde.

Le controllo gli occhi. Non è ubriaca. Non l'ho mai vista ubriaca, ma il suo comportamento è talmente in contrasto con la felice occasione che mi chiedo se l'alcol non abbia avuto l'effetto di un sedativo su di lei. In effetti, sembra quasi che sia assente. Ha gli occhi vacui.

«Grazie» dice Abdul in perfetto inglese. «Sono felice di poter finalmente procedere, ora che Emma ha raggiunto l'età giusta.»

«Sì. Buon compleanno, sorellina.» Ero assente il giorno del suo compleanno.

Lei fa solo un cenno con la testa.

Le stringo la spalla. «Ti piacerebbe se condividessi una buona notizia con la nostra famiglia oppure preferisci che aspetti un'occasione diversa? Non voglio interferire con i tuoi festeggiamenti.»

«Oh, no. Fai pure» dice Emma.

Guardo Abdul, che mi fa segno di procedere.

Vado da Ruby, mi chino verso di lei e sussurro: «Sto per annunciare il nostro fidanzamento.»

Lei sorride e annuisce.

Batto un cucchiaio contro un bicchiere e nella stanza scende il silenzio. I miei fratelli e le mie sorelle fissano tutti l'attenzione su di me. Ci sono anche Gabriel e Anna. Lei non si è ancora ripresa dopo aver perso Mike la settimana scorsa. Il suo padre affidatario è morto un'ora dopo il suo arrivo. Sembra che abbia resistito solo per poterle dire addio. Anna ha organizzato un funerale semplice, come voleva lui, ed è tornata a casa.

«In questa felicissima occasione, voglio fare le mie più calorose congratulazioni a Emma e Abdul» annuncio quando ho l'attenzione di tutti.

Tutti applaudono e mormorano le loro congratulazioni. I miei fratelli sono tutt'altro che entusiasti. Pensano che Emma abbia esagerato con il suo impeccabile comportamento da brava principessa, accettando un matrimonio combinato. Era un'alternativa che i nostri genitori avevano dato a tutti noi. Solo Gabriel ed Emma l'avevano presa in considerazione. Quei due sono proprio due gocce d'acqua. Potevo capirlo con Gabriel, l'erede, ma Emma è la quinta in linea di successione. Ritengo credesse importante continuare la tradizione, probabilmente perché la nostra più che tradizionalista madre aveva insistito sul concetto. Lei e nostra madre sono sempre state molto unite. Emma era la figlia che mia madre sperava di avere dopo quattro maschi.

Continuo. «E ho un'altra felice notizia che voglio condividere con voi.» Sorrido alla mia amatissima Ruby, che ha le guance rosate. Poi torno a rivolgermi al gruppo. «Ruby e io siamo fidanzati.»

Si complimentano tutti e i miei fratelli fischiano e battono le mani. Mi chino e bacio la guancia di Ruby, sorridente e sempre più rossa.

Quando il rumore si attenua, lei alza una mano. «Grazie, grazie a tutti. Siamo felicissimi.»

Anna viene ad abbracciarci entrambi. «Congratulazioni! Ruby, sono così felice che tutto si sia sistemato. Spero significhi che verrai a vivere qui a Villroy.»

«In effetti» dice Ruby, «Viaggeremo, sia per il mio lavoro sia per il suo, e saremo in giro per un po'. Probabilmente finché saremo pronti per metter su famiglia.»

«Vi auguro tantissima felicità» dice Anna, con la voce più sommessa. Ci rivolge un sorriso incerto.

Gabriel si alza di colpo, viene a congratularsi con noi e poi riporta Anna al suo posto.

Colgo lo sguardo di Emma. «Congratulazioni» dice lei un po' asciutta.

«Grazie e congratulazioni anche a te. Devi essere così eccitata che sia finalmente arrivato il gran giorno.»

Abdul ascolta la sua risposta con attenzione.

Lei sorride, ma è un sorriso tirato che non arriva agli occhi. «Certo. C'è voluto parecchio per organizzarlo, ma adesso è finalmente arrivato.»

«Nove anni» dice Abdul. «È un'attesa molto lunga.»

«Giusto» dico. «Beh, non vediamo l'ora che arrivi.»

Gabriel e Anna si congedano poco dopo, mentre il resto di noi si sposta nel salone per continuare i festeggiamenti. È la seconda settimana di novembre e fa troppo freddo per salire sul giardino pensile. Emma si congeda prontamente alle nove, com'è sua abitudine, restando fedele al suo solito orario. Ha un programma preciso per tutto, una routine invariabile che ha deciso lei stessa. Spero che il matrimonio la rilassi un po', anche se a giudicare da Abdul, anche lui tutto precisino, probabilmente la sua vita continuerà allo stesso modo. Diavolo, che ne so io? Forse è ciò di cui ha bisogno.

Il giorno dopo, vado con Ruby nella cappella del palazzo, dove Emma si sposerà tra poco. Ruby voleva dare un'occhiata prima della cerimonia, e guardarsi intorno. Probabilmente vuole anche fare qualche fotografia. Le piacciono l'architettura e l'arredamento storici. E io l'amo più di quanto avessi mai pensato possibile. La notte scorsa siamo rimasti tutti insieme nel salone, a bere e chiacchierare, quindi i miei fratelli hanno avuto l'opportunità di conoscerla. Ognuno di loro, a turno, mi ha fatto sapere che pensava che Ruby fosse perfetta per me. Non potrei essere più d'accordo.

Le prendo la mano, intrecciando le dita. Lei si volta a

guardarmi e sorride, con gli occhi verdi che brillano. Le sorrido anch'io, talmente pieno di gioia che trabocca al pensiero del nostro futuro insieme. Mi chiedo dove finiremo per stabilire la nostra residenza definitiva. A palazzo? In una casa separata a Villroy? Forse in Francia? O negli USA? Prendo in considerazione le diverse alternative e come potrebbero funzionare, specialmente con dei bambini. Dovunque sarà, la nostra casa sarà piena d'amore.

Vedo Gabriel e Anna in corridoio, vestiti formalmente, smoking nero per lui, abito color pesca per lei, una coppia veramente elegante. «Salve» dico allegramente. «Bella giornata per un matrimonio.»

Gabriel viene verso di me, con un'espressione tetra. Anna corre per raggiungerlo. Sono subito in allarme. Forse c'è qualcosa che non va con nostra madre. Forse, dopo tutto, è troppo sconvolta per uscire dalle sue stanze per partecipare al matrimonio. Darebbe un enorme dispiacere a Emma. Sono sempre state così vicine.

«Che c'è?»

«Emma è sparita» sussurra con urgenza Gabriel. «Tu l'hai vista?»

«No. Hai controllato con Silvia?» Nostra sorella aveva in programma di aiutare Emma a prepararsi.

«Certo che ho controllato con Silvia» sbotta Gabriel. «Dice che Emma aveva già indossato l'abito da sposa e le ha chiesto un momento per sé. Quando Silvia è tornata nella stanza, Emma era sparita.»

«Il palazzo è grande» dice Ruby. «Dev'essere qui in giro, da qualche parte. Forse sta parlando con vostra madre.»

«Sì. È sicuramente così» dico, guardando Ruby. «Sei fantastica.»

«Non è con nostra madre» dice Gabriel a denti stretti. «Abbiamo controllato. Dobbiamo dividerci e ispezionare il palazzo senza creare allarme.»

Annuisco. «Ruby e io controlleremo l'ala est. Tu e Anna prendete l'ala ovest.»

«Pensi che se la sia svignata il giorno del matrimonio?» sussurra Ruby.

Gabriel alza il mento e dice in tono altezzoso: «Ovviamente no. Probabilmente ha perso la nozione del tempo per il nervosismo. Niente di serio. La rassicureremo e andrà tutto bene.»

«In effetti…» dice lentamente Anna.

Ci voltiamo tutti a guardarla.

Un muscolo si contrae sulla guancia di Gabriel mentre aspetta che sua moglie finisca la frase.

Anna fa una smorfia. «Emma *potrebbe* aver accettato il mio suggerimento di allontanarsi e riflettere.»

Gabriel scuote la testa, accigliato.

«Oh, allora sta facendo una passeggiata» dico. «È un sollievo.»

«Non è così semplice» dice Gabriel a voce bassa. «Vero Anna?»

Anna arrossisce istantaneamente, con un'espressione colpevole sul volto. Gabriel la conosce così bene. «Non preoccuparti. È al sicuro.»

«Non avresti potuto fare qualcosa un po' prima del giorno del suo matrimonio?» le chiede Gabriel seccamente.

Anna gesticola. «Ho tentato, ma tua sorella è testarda come te e ferma nelle sue posizioni. Io le ho semplicemente offerto un'alternativa, ieri. È lei che ha scelto di accettarla proprio adesso.»

Gabriel sembra allarmato e corre immediatamente alla porta laterale che dà verso l'esterno, probabilmente per cercare di rintracciare Emma.

«Gabriel!» lo chiama Anna, correndogli dietro.

Lui si ferma, hanno una conversazione animata che da dove sono non riesco a sentire e poi Gabriel esce, con Anna che lo tallona.

Chi avrebbe mai pensato che la mia correttissima sorellina potesse essere una sposa in fuga?

«Mai un momento di noia da queste parti» commenta scherzosamente Ruby.

Le metto un braccio sulle spalle e la tengo vicina. «Benvenuta nel mio mondo.»

Lei mi sorride. «Mi piace e ti amo.»

La bacio. «Ti amo anch'io.»

Lei mi strofina il petto. «E io che pensavo che la vita a corte fosse così rigida e corretta.»

«Lo è e non lo è.»

«Sei preoccupato per lei?»

«Siamo su un'isola. Dove può andare?»

Non perdete il prossimo volume della serie, *Royal Darling - Emma,* nel quale Emma e una rock star inglese dalla fama di ragazzaccio si scontrano!

Jackson

Essere un dio del rock non è poi tutto quello che si crede.

È diventato un lavoro senz'anima. Ed è il motivo per cui mi trovo sulla casa galleggiante di un mio amico, lontano dai riflettori, sperando di ritrovare la mia via verso la musica.

Già. Niente da fare.

Ho appena scoperto una clandestina a bordo e non riesco a credere chi è. Una maledetta principessa? E questo sussiegoso microbo di donna non ha intenzione di andarsene, quindi le faccio un'offerta che la spaventerà: una scappatella senza impegni.

Solo che lei dice sì.

Io dico no e lei si chiude prontamente nella mia camera.

Giuro che la scaricherò al prossimo porto.

È un problema avvolto in una bella confezione virginale e so che non dovrei toccarla.

Emma

Sono una sposa in fuga che cerca di evadere senza che mi trovino.

Ma quando Jackson Walker mi scopre nascosta nella sua barca (e mi riprendo dallo shock di essermi imbattuta nel nascondiglio di una rockstar) capisco immediatamente che lui è esattamente ciò di cui ho bisogno. È selvaggio, rozzo, perfetto.

La mia famiglia non approverebbe mai. La stampa ci farebbe a pezzi. Eppure continuo a volerlo.

Lui è l'antidoto alla mia vita dai confini ristretti.

Ma riuscirà a guardare oltre il mio titolo, per vedere la donna che desidero essere?

Iscrivetevi alla mia newsletter per non perdervi le nuove uscite: Kyliegilmore.com/ITnewsletter

ALTRI LIBRI DI KYLIE GILMORE

Happy Endings Book Club Series
Hidden Hollywood (Vol. 1)
Inviting Trouble (Vol. 2)
So Revealing (Vol. 3)
Formal Arrangement (Vol. 4)
Bad Boy Done Wrong (Vol. 5)
Mess With Me (Vol. 6)
Resisting Fate (Vol. 7)
Chance of Romance (Vol. 8)
Wicked Flirt (Vol. 9)
An Inconvenient Plan (Vol. 10)
A Happy Endings Wedding (Vol. 11)

The Clover Park Series
The Opposite of Wild (Vol. 1)
Daisy Does It All (Vol. 2)
Bad Taste in Men (Vol. 3)
Kissing Santa (Vol. 4)
Restless Harmony (Vol. 5)
Not My Romeo (Vol. 6)
Rev Me Up (Vol. 7)
An Ambitious Engagement (Vol. 8)
Clutch Player (Vol. 9)
A Tempting Friendship (Vol. 10)
Clover Park Bride (A Clover Park Short)
A Valentine's Day Gift (Vol.11)
Maggie Meets Her Match (Vol.12)
Maggie Meets Her Match (Book 12)

The Clover Park STUDS Series
Almost Over It (Vol. 1)

Almost Married (Vol. 2)

Almost Fate (Vol. 3)

Almost in Love (Vol. 4)

Almost Romance (Vol. 5)

Almost Hitched (Vol. 6)

Nota: Per ora disponibili solo nella versione inglese.

I Rourke - Versione italiana

Royal Catch - Gabriel (Vol. 1)

Royal Hottie - Phillip (Vol. 2)

Royal Darling - Emma (Vol. 3)

Royal Charmer - Lucas (Vol. 4)

Royal Player - Oscar (Vol. 5)

Royal Shark - Adrian (Vol. 6)

L'AUTRICE

Kylie Gilmore è l'autrice Bestseller di USA Today delle serie: I Rourke; The happy endings Book Club; The Clover Park e The Clover Park STUDS. Scrive romanzi rosa umoristici che vi faranno ridere, piangere e allungare le mani per prendere un bel bicchiere d'acqua.

Kylie vive a New York con la sua famiglia, due gatti e un cane picchiatello Quando non sta scrivendo, tenendo a bada i figli o prendendo debitamente appunti alle conferenze per gli scrittori, potete trovarla a flettere i muscoli per arrivare fino all'armadietto in alto, dove c'è la sua scorta segreta di cioccolato.